Ernest M. Hemingway.

海明威文集

有钱人和没钱人

〔美〕海明威 著 鹿金 译

To Have and Have Not

上海译文出版社

图书在版编目(CIP)数据

有钱人和没钱人/(美) 海明威(Ernest Hemingway)著;
鹿金译.—上海:上海译文出版社,2019.8
(海明威文集)
书名原文:To Have and Have Not
ISBN 978-7-5327-8152-2

Ⅰ.①有… Ⅱ.①海… ②鹿… Ⅲ.①长篇小说—美
国—现代 Ⅳ.①I712.45

中国版本图书馆 CIP 数据核字(2019)第 104065 号

Ernest Hemingway
To Have and Have Not

有钱人和没钱人

〔美〕海明威 著 鹿 金 译
责任编辑/宋 佥 装帧设计/张志全工作室

上海译文出版社有限公司出版、发行
网址:www.yiwen.com.cn
200001 上海福建中路 193 号
上海雅昌艺术印刷有限公司印刷

开本 889×1194 1/32 印张 7.5 插页 6 字数 118,000
2019 年 8 月第 1 版 2019 年 8 月第 1 次印刷
印数:0,001—5,000 册

ISBN 978-7-5327-8152-2/I·5019
定价:45.00 元

译本序

在美国佛罗里达州基韦斯特南端和古巴首都之间，隔着墨西哥海湾。温暖的湾流中蕃息着众多的海鱼。那一片海域是有钱人寻欢作乐的游览胜地，也是没钱人赖以糊口的生存区。向游客出租钓鱼船不失为当地一种过得去的行当。开船的往往就是船主，靠他的船和驾船技术足以维持安居乐业的生活水平。

1937 年出版的海明威的小说《有钱人和没钱人》就是以基韦斯特、哈瓦那和墨西哥海湾为背景的。书中的主人公哈里 · 摩根是一个开出租钓鱼船的船长。他不属于“迷惘一代”，而是个靠正当营生养家活口的普通人。但是，三十年代，书中写的正是这个时代，整个西方世界的上空笼罩着压得人喘不过气来的经济大萧条的乌云。1932 年，美国有四分之一的工人失业。书中的人物艾伯特靠罗斯福的“新政”以工代赈政策，挖下水道和拆除废弃不用的有轨电车的轨道，“一礼拜只挣六块半”。哈里 · 摩根经营的钓鱼船生涯也日益萎缩，他的日子也过得越来越不安稳了。他是一条浑身是胆、不甘心对逆境低头的硬汉子，用尽个人的脑筋和力量，作出种种抗争，但是最终还是失败了，并且为此付出了生命。

哈里 · 摩根的故事分成三部：在第一部《春》中，故事一开头，他同几个古巴人在一家哈瓦那的餐馆里会谈。他们是革命分子，也是恐怖分子。你怎样称呼他们都行，因为在 1933 年 8 月 12 日古巴总统马查多被迫流亡后，古巴国内政局混乱，暴乱此起彼伏，爱国者和政治野心家抱着截然不同的目的，都在干“革命”，在这种形势下，是很难分清这两种“分子”的。摩根坚决地拒绝了他们向他提出的把他们偷运到美国去的要求，因为他有一个顾客租用了他的钓鱼船在哈瓦那钓鱼。他不愿卷入政治漩涡，也不愿运送“活货”。当时，他还是个自己作得了主的人。接下来，他亲眼目睹了一场古巴不同革命组织的内讧。剧烈的枪战夺去了四条人命。他回到码头上，送顾客出海钓鱼。海明威利用他丰富的钓鱼经验和精采的文笔描绘了一幅墨西哥海湾中气氛紧张的钓鱼图，也不动声色地展示了开始降临到摩根头上的厄运。原来他的顾客约翰逊是个无赖。他悄悄地坐飞机溜回美国，赖掉了他三礼拜的船租钱。他落得两手空空，回不了基韦斯特，而家中的妻子和女儿们却等着他带钱回去哩。出于无奈，他违背自己不运“活货”的规矩，接受了辛先生的这笔把十二个中国人非法运进美国的买卖。（三十年代，贫苦的中国壮劳力漂洋过海，到美国去做苦工，给中国的黑社会开辟了一条挣钱的道路；当时主要运送中国劳工出境的港口是香港和上海。由于直接进入美国比较困难，往往转道拉丁美洲各国，主要是古巴。）他收了钱，却没有完成运送的任务，反而结果了辛先生的性命，免得以后遇上可能发生的麻烦。海明威成功地刻划了这个冷酷无情的个人主义者的形象。在走投无路的关头，他不惜以身试法，毫不手软地把事情处理得干净利落。他的伙计埃迪侥幸保住性命的这段情节，明眼的读者不难看出，是作者从一个侧面塑造哈里·摩根善动脑筋、处事冷静的性格的一种手法。

在第二部《秋》中，哈里·摩根栽大跟斗了。市面萧条，游客稀少，出租钓鱼船这个行当挣钱难，摩根又干起走私烈酒的买卖。他在黑夜里渡过墨西哥湾的时候，遇上了古巴的海岸警卫队人员。摩根想不通：“我们公开地在马拉埃尔来来往往跑了六个月以后，我怎么会知道他们居然会在那儿向我们开枪。古巴人就是这个样子。有人不给另一个人钱，所以我们就挨了枪子儿。古巴人就是这个样子；没错儿。”这次渡海，他挨了枪子儿，一条胳膊被打断，还损失了不少烈酒。但是，灾难还没有到尽头。雪上加霜的是，他在女人礁红树丛旁等人接应的时候，被两个从华盛顿来的官员撞上了。其中一个自称是大人物。结果，他失去了他的船。三十年代是美国作家纷纷向左转的时代。海明威在这片潮流中也面对社会现实，反映普通美国人的生活。走私烈酒固然是违法勾当。但是在《秋》中，作者显然对摩根是同情的，而对那个华盛顿来的大人物，他在字里行间流露出来的不仅是厌恶，简直是憎恨。民不聊生，铤而走险。“他有一个家；他得吃饱肚子，和养活一家子。”作者通过威利船长的话表明他当时对生活的看法。

在第三部《冬》中，山穷水尽的哈里·摩根为了养家活口已经落到只要有钱可挣就什么都得干的地步了。他没有选择的余地。他不得不同意接受把一伙抢劫银行的古巴恐怖分子运回古巴的提议。他明知这是一桩非常危险的买卖，是一桩不折不扣的以性命相搏的买卖，但是他接受了不干好事的律师蜜蜂嘴的提议。海明威在这里有一段精采的描写：“哈里站在酒吧柜那儿，望着那架投五分的吃角子老虎机、两架投一角的吃角子老虎机和那架投两角五分的吃角子老虎机，还望着墙上那幅画《卡斯特最后的抵抗》，好像他从来没有见到那些东西似的。”作者运用他有名的“冰山说”（浮出在海面上的冰山尖只是冰山的很小的一部分），用极简练的笔墨，预示了摩根的必然下场：拿生命孤注一掷，落得死亡的下场，并且也生动地勾勒出他不甘认输的强悍性格。尽管他作了周密的准备，在游艇上成功地干掉了那伙抢银行的恐怖分子，但是一着失算，腹部中了枪弹，不幸身亡。不管这个强横的硬汉子胆子有多么大，处事有多么冷静，手段有多么狠，他不得不承认失败，在临终的时候说出他用生命换来的教训："一个人独自个儿决不可能有一点儿他妈的该死的机会。"这句话也表明了海明威当时的想法。不少文学评论家都引用这话来证明海明威当时对个人主义的态度。他们的论断是有见地的。只要看1940年出版的海明威的长篇小说《丧钟为谁而鸣》卷首作者引用英国玄学派诗人约翰·堂恩写的《祈祷文集》第17篇就会明白："……如果一块泥巴被海浪冲掉，欧洲就小了一点……任何人的死亡使我有所缺损，因为我包孕在人类之中。……"《祈祷文集》第17篇的文字同摩根的那句话雅俗相差很远，但是意思是一脉相通的。如果说两者有什么差异的话，那就是他这一次引用《祈祷文集》第17篇说明个人和人类的关系的时候，诉说得更全面、更深刻。海明威对个人主义的危害性的认识在这期间有了明显的发展。遗憾的是，个人主义像蚕茧那样把他困在其中，他始终未能破茧而出。在他的后期名作《老人与海》中，他写的是一个老渔人单身同一条鲨鱼搏斗的故事。无论是《有钱人和没钱人》，还是《丧钟为谁而鸣》和《老人与海》，搏斗的情节写得好不轰轰烈烈，主人公却都不得不以悲剧告终。毫无疑问，《丧钟为谁而鸣》中的主人公罗伯特·乔丹受个人主义的束缚最轻，这显然是上面引用的堂恩的《祈祷文集》第17篇中的思想起着作用，但是追本溯源，最早而且早已明确地否定个人主义的话海明威是借哈里·摩根的嘴说出的。把握本书的时代背景和这位大作家的思想脉络对读者欣赏本书应当不无帮助，所以在这里作这一番简短的阐述。

《有钱人和没钱人》出版后，受到一片批评声，几乎没有赞扬，尽管广大的读者却表示出热诚的欢迎。最多的责难是此书缺乏整体的平衡；全书有五分之一的部分游离于哈里·摩根的经历这条故事主线之外。美国著名的评论家马尔科姆·考利对本书的措辞是最严厉的；他认为，这部小说在情节和人物塑造上都存在着缺点。

是“海明威的最差的作品，也许除了《非洲的青山》”。对海明威的作品有深入而精采的研究的菲利普·扬在他的《欧内斯特·海明威》一文中说得虽然比较婉转，意思却同考利的是一样的：“这是一部小说，不过不算好，至少以海明威来说，不算好。”但是美国小说家、教授、海明威写作艺术的倾慕者沃特·威廉斯在他于1981年出版的《欧内斯特·海明威的悲剧艺术》一书中作出了截然不同评价。他认为，“每一个艺术家创造的作品都参差不齐，有高低之分……”他把《有钱人和没钱人》摆在《太阳照常升起》、《永别了，武器》和《老人与海》后面，并且说，在海明威的次要作品中，《有钱人和没钱人》是“一部当之无愧的上乘之作……它生动有力，语言富于激情，充满强烈悲剧性的结构，人物性格刻划得十分真实，而且作者在书中反映出发自内心的对当时经济和政治现实的激动人心的看法”。这应该是一个不低的评价了。

探讨一下为什么考利·扬同沃特·威廉斯对本书的评价这么悬殊，是件有意思的事情。

首先，得回顾一下《有钱人和没钱人》的形成经过。1934年4月，海明威在《世界主义者》上发表了一篇短篇小说《过海记》；1936年2月，他在《老爷》上发表另一篇短篇小说《买卖人的归来》。1936年7月，西班牙内战爆发后，他在心中萌生把这两篇短篇小说缀合起来，加上其他情节，敷衍成一部长篇小说的念头。他把《过海记》加上一个短短的尾声，作为第一部《春》，也就是书中的第一章至第五章；他把《买卖人的归来》作为第二部《秋》（请注意，在英语中“秋”同“栽跟斗”是一个字，哈里在这一部中既丢了他的胳膊，又丢了他的船），也就是书中的第六章至第八章。一、二两部大致占三分之一。第三部《冬》，自第九章至第二十六章，是完全为本书写的。除了哈里·摩根用船运送抢银行的古巴恐怖分子和船上那场同归于尽的那条故事主线外，作者还写了一些其他人物和他们的欢乐和烦恼。其中有一个为逃税问题所困扰而失眠的有钱的粮食经纪人、两个即将分手的同性恋者、一个家中人员都相亲相爱的家庭、一个由于沮丧而自渎的好莱坞导演的妻子（顺便提一下，她那段内心独白和玛丽·摩根在同摩根那段做爱的时候的独白显然是在模仿詹姆斯·乔伊斯在《尤利西斯》中的莫莉·布卢姆的独白）。他们都同摩根的经历毫不相干，只是他们的游艇都锚泊在基韦斯特。另外还有一个人物理查德·戈登，那个被海明威刻划得很不像样的作家，和老兵的聚会也占去了第三部中的不少篇幅。

海明威为什么要写这些情节呢？

评论家詹姆斯·内格尔表示了他的看法："《有钱人和没钱人》是海明威的最具有创造性和实验性的小说，同时也是他最不成功的作品之一。""最不成功的作品之一"这个说法见仁见智，并非定论，至少沃特·威廉斯已提出异议。"最具有创造性和实验性的小说"这个评语却颇有见地。海明威在本书中在运用一种试验性的写作手法。一个个同故事主线无关，也互相无关的片断看来好像杂乱无章，是信手拈来，随意点缀，但是细心玩味，可以看出这些片断分明是一个用种种社会情况组成的万花筒，用来烘托哈里·摩根的不幸的遭遇。由于海明威的思想在这个时期是最激进的，对美国社会现状和美国上流社会人士的所作所为具有强烈的反感，他采用了这种把有钱人和没钱人作强烈对比的写作手法，加强小说主人公的悲剧性。书中有一个现象值得注意：书中的一些人物从不同的视角看到摩根的下场，但是他们没有一个知道他的死因和全部事实真相，也没有一个知道摩根的朋友艾伯特的下落。这种扑朔迷离的渲染显示出一种冷漠的气氛。

《有钱人和没钱人》是海明威在写作手法上的一种新尝试。他把社会众生相同摩根个人的经历糅合在一起，试图描绘出一幅三十年代有钱人和没钱人对比强烈的世态画。但是，本书出版后，当时的一些美国评论家，甚至是一些有眼光的评论家，没有理会作者的创作意图和尝试创作新手法的用心。于是，结构不平衡啊、情节杂乱无章啊，诸如此类的批评就纷纷出现了。最有意思的是，内格尔明明已经看到了作者的意图，却还是认为本书是一部失败之作。这恐怕是这种写作手法当时还没有得到承认的缘故吧。但是随着时间的推移，在半个多世纪后，这种写法已普遍被评论家和读者所接受，所以对本书的好评也就越来越上升，道理恐怕就在这里。

还有一件事情需要交代一下：本书的最前面有一个“说明”，告诉读者“书中人物及其姓名纯属虚构”，这完全是一种障眼法。事实上，在《有钱人和没钱人》中，几乎每个人物在生活中都有原型。有时候是把一个真人的事分别安排在两个人身上。杰弗里·迈耶斯在《海明威传》中已经作了详细的“对号入座”的工作。不过，这种探幽索隐的成果对熟悉美国文坛掌故的读者当然会增加阅读本书的兴趣，但是反而会使我国的一般读者感到厌烦，所以这里略去不提了。但是有一个人物的原型却不能不指出。我们知道，海明威对同时代的美国文坛名家，如安德森、菲茨杰拉德和福克纳等，都表示过不友好的态度。但是受到他最严厉和尖刻的攻击的是以《美国》三部曲蜚声美国文坛的约翰·多斯·帕索斯。他在本书中被海明威刻划得那么不堪入目，他就是那个作家理查德·戈登！此中恩怨，不属于本文范围，就不赘述了。

最后，还要谈谈本书的书名问题。老友吴劳不止一次地建议把书名译成“欲得而一无所得”。有些美国的学者也有同样的看法；他们有的甚至认为本书和《太阳照常升起》的名字都来自《圣经·

旧约·传道书》。不过，前者是暗用，后者是明用罢了。海明威是位写作态度极严肃的作家，哪怕在起书名这件事情上也是绞尽脑汁的。菲利普·扬就说过，《永别了，武器》这个书名中“武器”一词是一语双关，也可作“怀抱”解。对《有钱人和没钱人》（To Have and Have Not）是暗用《传道书》中的“人一切的劳碌，就是他在日光之下的劳碌，有什么益处呢”这段话，鉴于海明威在《太阳照常升起》中所流露的思想，同“欲得而一无所得”这个说法是一脉相通的，可惜用汉语译本书的书名就看不出什么关联，不过只要把“有什么益处”中的“有”改成“得到”，就可以看出这个说法的来源了。但是，我觉得考虑到三十年代的社会背景和书中反映出的当时海明威的思想主流，再说也有不少美国评论家在文章中把“有钱人和没钱人”相提并论，何况“欲得而一无所得”作为书名实在对读者太缺乏吸引力了，所以我只得辜负吴劳同志的拳拳好意，决定把书名译成《有钱人和没钱人》。正像没法用一个书名包含“战争”和“怀抱”两重意思，我没有本事把“有钱人和没钱人”和“欲得而一无所得”两重意思纳入一个书名，所以在这里只得不辞唠叨，作些解释，并请读者原谅。

鹿　金

说　明

鉴于近来有一种把小说中的人物确定为真人的倾向，在此作一声明，似不失为一恰当之举：本书中无一真人，书中人物及其姓名纯属虚构。如有任何真人的姓名被使用，纯属巧合。

第一部　哈里·摩根（春）

第一章

你知道，在哈瓦那一大清早是什么情景吗？那些流浪汉靠在建筑物的一堵堵墙上，仍然在睡觉，那时候甚至给酒吧间送冰的大车还没有过去哩。嘿，我们穿过从码头到“旧金山明珠”小餐馆去的广场，去喝咖啡；广场上只有一个要饭的醒着，他在就着那个喷泉喝水。可是我们走进这家小馆子坐下来的时候，他们三个人在等我们了。

我们坐下来；他们当中有一个走过来。

“说吧，”他说。

“这事我不能干，”我跟他说。“我倒是想干，算是帮个忙。可是我昨宿跟你说过，我不能干。”

“你自己开个价吧。”

“不是钱的问题。我不能干。就是这么回事。”

另外两个人走过来；他们站在那儿，沉着脸。他们确实是相貌漂亮的家伙；我倒是愿意帮他们这个忙的。

“一千块一个，”那个讲一口好英语的人说。

“别叫我作难，”我跟他说。“我跟你说的是实话，我不能干。”

“以后，情况一发生变化，这对你可是大有好处啊。”

“这我知道。我是完全支持你们的。可是我不能干。”

“干吗不行？”

“我靠那艘船活命。我要是丢了那艘船的话，那就活不下去了。”

“用这笔钱另外买一艘。”

“在监牢里可不行。”

他们一定以为，只要跟我磨下去，我会同意的，因为那个人继续说下去。

“你会拿到三千块；这对你今后可是大有好处啊。你知道，这一切不会老这样下去的。”

“听着，”我说。“我不管谁当这儿的总统。可是我不带会讲话的活货到美国去。”

“你的意思是说，我们会说出去？”他们当中有一个刚才没有说过话的人说。他火了。

“我说的是任何会说话的活货。”

“你以为我们是 lenguas largas[①]？”

“不。”

“你知道 lengua larga 指什么吗？”

“知道。嘴不严的人。”

“你知道我们怎么对付他们吗？”

“别跟我凶，”我说。“是你们提出要我干的。我可没有向你们许过什么东西。”

“闭嘴，潘乔，”那个刚才在说话的人跟发火的人说。

“他说咱们会说出去。”潘乔说。

“听着，”我说。“我跟你们说，我不带任何会说话的活货。用麻袋装的烈酒[②]不会说话。小口的大酒瓶不会说话。还有一些别的东西也不会说话。人会说话。”

“中国佬会说话吗？”潘乔说，一副恶狠狠的神情。

---

① 西班牙语，嘴不严的人。

② 1920 年美国历史上的禁酒时期开始。美国的冒险者除了在国内酿造烈酒外，还从国外走私进口烈酒。用麻袋装运烈酒是走私者的一种掩人耳目的手段。

"他们会说，可是我听不懂他们的话，"我跟他说。

"这么说，你不愿干？"

"就像我昨宿跟你们说的那样。我不能。"

"不过，你不会说出去吧？"潘乔说。

他没有听懂我说话的意思，他于是感到恼火。我想，还感到失望。我甚至不回答他的话。

"你不是个 lengua larga，对不？"他问，仍然恶狠狠。

"我想不是。"

"这是什么意思？是个威胁？"

"听着，"我跟他说。"别一大清早就这么凶。我能肯定，你割断过许多人的脖子。可我甚至还没有喝上咖啡哩。"

"这么说，你能肯定我割断过别人的脖子。"

"不，"我说。"再说，我压根儿不在乎。你跟人打交道就不能不发火吗？"

"我现在就在发火，"他说。"我恨不得宰了你。"

"啊，真该死，"我跟他说。"别口没遮拦。"

"得了，潘乔，"第一个说话的人说。接着，跟我说，"我很遗憾。我希望你会让我们坐你的船的。"

"我也感到遗憾。可是我不能。"

他们三人向门口走去；我望着他们走过去。他们是相貌漂亮的年轻人，衣着讲究；他们三人都没有戴帽子，看上去都好像很有钱。不管怎样，他们对钱谈得很多，而且他们说的是有钱的古巴人说的英语。

他们当中两个人看起来像兄弟；另一个，潘乔，长得稍微高一些，可是相貌同样带有孩子气。你知道，细高挑儿，服装讲究，头发光亮。我认为，他并不像他说话那样讨厌。我认为，他非常神经质。

他们向右拐出门口的时候，我看到一辆轿车穿过广场，向他们开来。第一件事情是一块玻璃没有了，接着是那颗子弹打碎了摆在右边墙上陈列柜内的那一溜儿瓶酒。我听到枪声不停地响着，砰、砰、砰；顺着墙一瓶瓶酒都给打得粉碎。

我跳到左边的酒吧柜后面，从边上望出去，可以看到发生的事情。那辆汽车停了；两个家伙蹲在汽车旁。一个拿着一支汤姆生式冲锋枪；另一个拿着一支枪管锯短了的自动猎枪。拿汤姆生式冲锋枪的是个黑人。另一个穿着驾驶员穿的白风衣。

一个小伙子摊手摊脚地倒在人行道上，脸向下，就在给打烂了的那块大橱窗玻璃外面。另外两个躲在一辆停在隔壁丘纳德酒吧间前的热带牌啤酒运冰大车后面。那儿停着两辆哩。一匹拉车的马套着挽具，倒下了，四蹄乱踢；另一匹在使劲地把它的脑袋挣开去。

一个小伙子从大车的后角上开枪；子弹打在人行道上跳出去。拿汤姆生式冲锋枪的那个黑人把他的脸几乎贴到地面上，从下面向大车背后砰砰地连续开火；果然，有个人倒下来了，向人行道倒去，脑袋呈现在人行道的镶边石上面。他在那儿翻滚，双手捧着脑袋；那个黑人在换上一个没有用过的弹盘，驾驶员用猎枪向那个受伤的小伙子射击；可是射击的准头太差，白费劲儿。你可以看到，大号铅弹的痕迹遍布在人行道上，像银色的水珠。

另一个人拉着那个给打中的人的两条腿，把他拉回到大车后面去；我看到那个黑人把脸贴到路面上，又发出一次连续射击。接着我看到老伙计潘乔从大车的后角走出来，用那匹仍然站着的马作掩护。他从那匹马后面走出来，脸白得像一条脏床单，他双手握着手枪，保持枪身稳定，用他那把卢格尔牌大手枪[①]干掉了那个驾驶

① 19世纪德国工程师卢格尔（George Luger）制造的一种手枪。

员。他又开了两枪，子弹都在那个黑人的脑袋上空飞过，一路飞去，他又开一枪，这枪低了。

他打中了那辆汽车的一个轮胎，因为我看到轮胎跑气的时候，街上扬起一片灰尘，接着在十英尺外，那个黑人用汤姆生式冲锋枪打中了他的肚子，那一定是最后一发子弹，因为我看到他扔掉了那支枪，接着老伙计潘乔砰地坐下，身子向前倒去。他试着站起身来，手里仍然握着那把卢格尔牌手枪，可是他的头抬不起来，这时候，那个黑人拿起那把靠在驾驶员身旁那个车轮上的猎枪，把他半边脑袋打掉了。真是个好样的黑人。

我一看到有瓶开了瓶塞的酒，就拿起瓶，就着瓶口很快喝了一口；我甚至没法告诉你，那是什么酒。整个事情使我难受极了。我赶紧在酒吧柜后面溜出去，穿过后面的厨房，一路走去。我一直绕着广场的外围走，甚至没向正在朝那家餐馆前面很快走来的人群看一眼，就穿过码头大门，来到码头，登上船。

那个租船的人在船上等。我告诉他，刚才出了什么事。

"埃迪在哪儿？"那个租我们的船的人叫约翰逊，他问我。

"枪战开始后，我始终没有见过他。"

"你想，他中了枪子了吧？"

"别瞎扯，没有。我可以肯定地说，打进那家馆子的子弹只打中了那个陈列柜。那辆汽车跟在他们后面开来的时候，这事儿就发生了。那是在他们就在橱窗前面打死第一个人的时候。他们是从这样的角度——"

"听起来你对你说的经过的情形完全有把握，"他说。

"我亲眼目睹的，"我跟他说。

后来，我抬头看，看到埃迪顺着码头走来，看上去比任何时候更高、更邋遢。他走路的时候，关节扭动的方向都不对头。

“他来了。”

埃迪的脸色糟极了。他在大清早脸色决不会太好的；可是现在他的脸色糟极了。

“你刚才在哪儿？”我问他。

“蹲在地板上。”

“你看到那件事儿了吗？”约翰逊问他。

“别提了，约翰逊先生，”埃迪跟他说。“甚至想想那件事儿，都叫我恶心。”

“你还是喝一杯的好，”约翰逊跟他说。接着他跟我说，“咱们出海吗？”

“这由你决定。”

“今天的天气怎样？”

“跟昨天差不多。也许好一些。”

“那咱们出海。”

“好吧，等鱼饵一送到，就走。”

我们把这家伙送出海去，在湾流[①]里钓鱼，已经有三礼拜了；在我们清账以前，他只交给我过一百块钱，是用来付给领事和结关的，还买了一点儿吃的和给船加了汽油；除此以外，我还没有看到过他的一个子儿哩。我要提供一切钓具；他一天付三十五块租费。他睡在一家旅馆里，天天早晨上船。是埃迪给我弄到这笔租船买卖的，所以我不得不雇他做下手。我要给他四块钱一天。

“我得给船加汽油，”我跟约翰逊说。

“好啊。”

---

① 指墨西哥湾暖流，向东穿过美国佛罗里达州南端和古巴之间的佛罗里达海峡。暖流的温度比两旁的海水高 10 度至 20 度，它最阔处达 50 英里，呈深蓝色，景色雄伟，为鱼类群集的地方。

“我需要一些加油费。”

“要多少？”

“二十八分一加仑。至少我应该加四十加仑。这就要十一块两毛。”

他拿出十五块。

“其余的钱你要用来买啤酒和冰块吗？”我问他。

“那敢情好，”他说。“记笔账抵充我该你的钱。”

我一直在想，让他宕了近三个礼拜账，日子是挺长了，可是他要是付得起钱的话，那有什么不一样呢？他本来至少应该每个礼拜付一次钱的。可是我已经让顾客宕一个月账，然后收钱。这是我的过错，可是我一开始还喜欢宕账哩。只是到了最后几天，他才使我心里不踏实，可是我不愿说什么，因为我怕会惹他对我发火。他要是付得起钱的话，他租船的时间越长，岂不是越好嘛。

“来瓶啤酒？”他问我，打开冰箱。

“不，谢谢。”

就在这时候，那个我们差他去买鱼饵的黑人在码头上走来了；我吩咐埃迪去解缆。

那个黑人带着鱼饵一上船，我们就解缆，向海港外开去；那个黑人在装两条马鲛鱼，把钓钩穿过鱼嘴，从鱼鳃里拉出来，穿过一个侧面，然后把钓钩从另一个侧面拉出来，把鱼嘴闭住系在接钩绳上，把钓钩系得牢牢的，这样就不会滑落；这样，钓鱼的时候鱼饵会随着钓索平稳地移动，不至于旋转。

他是个真正的黑人，手脚灵巧，神情阴郁，衬衣领下面的脖子上戴着一串伏都教①的蓝念珠，戴着一顶旧草帽。他在船上喜欢干

---

① 伏都教（Voodoo）：一种起源于西非的黑人信奉的、会行施巫术的原始宗教，崇拜蛇；现仍流行于海地、加勒比海和美国的黑人中间。

的事情是睡觉和读报。可是他装得一手好鱼饵，他手脚麻利。

“你不能这么装鱼饵吗，船长？”约翰逊问我。

“能，先生。”

“你干吗要带一个黑人干这活儿呢？”

“大鱼纷纷快速游来的时候，你就会明白了。”我跟他说。

“这是什么意思？”

“这个黑人能比我干得快。”

“埃迪干不了这活儿吗？”

“干不了，先生。”

“在我看来，这好像是一笔不必要的支出。”他付给那个黑人一天一块，可是那个黑人每夜去跳伦巴舞。我看得出他已经瞌睡上来了。

“他是必不可少的，”我说。

这时候，我们已经开过那些锚泊在卡巴尼亚斯①前面、有活鱼舱的帆船和运鱼汽车，接着开过锚泊在莫罗古堡②前石滩旁捕高鳍笛鲷鱼的小鱼船；我把船开出去，那儿海湾呈现出一条黑乎乎的线。埃迪放出了两个引鱼围拢的诱饵；那个黑人已经在三根钓鱼竿上装了鱼饵。

湾流几乎流到近岸水域；我们向湾流边缘开去的时候，你可以看到它几乎变成紫色，留下一个个均匀的旋涡。刮起了柔和的东风；我们把许多飞鱼撵出了海面；那些大鱼张开着黑色的胸鳍，凌空滑翔的时候，看上去好像林德伯格③飞越大西洋的相片。

---

① 卡巴尼亚斯(Cabañas)：海港，位于哈瓦那西南部，在古巴比那尔德里奥省内。

② 莫罗古堡(Morro Castle)：位于哈瓦那湾入口处，建于16世纪。

③ 林德伯格(Charles Augustus Lindbergh，1902—1974)：美国飞行员，于1927年驾机单人不着陆飞越大西洋。

那些大飞鱼在这儿是最好的兆头。你放眼看去，只见一小片、一小片那种颜色黯淡的黄色果囊马尾藻，这表明主湾流已经深深地涌进来了；前面有一些鸟儿在狠狠地抓一群小金枪鱼。你可以看到，那些鱼在蹦跶；都是些每条重两三磅的小鱼罢了。

“你什么时候想放出钓竿都行，”我跟约翰逊说。

他系上安全带和螺旋轮控制带，把一根有哈代钓索螺旋轮和六百码三十六号钓索的大钓竿放进水去。我回头望；他的鱼饵很好地被拉着，在微微起伏的海水中上下飘动；两个诱饵潜下水去，又跳出水面。我们的船的速度可以说是恰当；我把船开进湾流。

“把鱼竿柄插在座位上的袋子里，别拿出来，”我跟他说。“那样，鱼竿就不会太沉。螺旋轮的制动器要老是松开着，这样鱼上钩后，你可以放松拖着的钓索。要是有条鱼上钩后，制动器没有松开着的话，它会猛地一拉，把你拉下海去。”

我不得不天天把同样的话告诉他，可是我不怕烦。你碰到的五十个人中只有一个懂得怎样钓鱼。可等他们终于懂得了，几乎总是傻里傻气，要用不够结实的钓索去钓任何大家伙。

“天气看起来怎样？”他问我。

“不可能更好了，”我跟他说。确实是好天气。

我把舵轮交给那个黑人，吩咐他顺着湾流边上向东开去，然后回到约翰逊坐着的地方，他正望着他的鱼饵在水中一路跳动。

“要我再放一根鱼竿到海里去吗？”我问他。

“我想不要了，”他说。“我要亲手让鱼上钩，跟它搏斗，把它拉上船。”

“好，”我说。“你要埃迪把钓竿放进海去吗，要是鱼上钩了，让他把鱼竿递给你，你可以把它钩上来？”

“不，”他说。“我情愿只放出一根钓竿。”

“行。”

那个黑人仍然在把船向外开；我望过去，看到他已经看到前面在稍微近上游的地方，突然出现一片飞鱼。向后看，我可以看到哈瓦那在阳光中景致优美，还有一艘船正经过莫罗古堡，在出港。

“我想，今天你会有机会跟一条鱼斗上一斗。约翰逊先生，”我跟他说。

“也差不多是时候了，”他说。“咱们出来有多久了？”

“到今天三礼拜。”

“钓鱼的时间可挺长了。”

“鱼这玩意儿就是怪，”我跟他说。“鱼不来，这儿就没有鱼。可是鱼要是来的话，就多得很。鱼可总是会来的。现在鱼要是不来的话，就压根儿不会来了。月亮[①]也对头。湾流好；咱们还会有好风。”

“咱们初来那会儿，倒有一些小鱼。”

“可不是，”我说。“就像我那时候告诉你的那样。在大鱼来到以前，小鱼会越来越少，最后一条不见。”

“你们娱乐船的船长们说的都是老一套。不是说太早，就是说太迟；要不就是说风向不对头，或是说月亮不对头。不管怎样，你们反正钱照拿。”

“唷，”我跟他说，“糟就糟在通常的确不是太早，就是太迟，而大多数时候，风向是不对头。好不容易，你遇上一天样样都好，你却待在岸上，不出海。”

“可你认为今天是个好日子？”

“对，”我跟他说，“我今天已经够刺激的了。可是我愿意打

① 潮水的大小同月亮的圆缺有关。

赌，你会大大地尝一尝刺激的滋味。”

“但愿如此。”他说。

我们定下心来，准备拖钓。埃迪向前走来，躺下身子。我一直站立着，在留意海里出现什么迹象。每过一会儿，那个黑人就会打盹儿；我也在注视他。我敢肯定，他跳了几个夜晚舞。

“你不反对给我拿一瓶啤酒吧，是不，船长？”约翰逊问我。

“行，先生，”我说；我随即把手伸进冰块中去，为他取出一瓶冰啤酒。

“你不来一瓶吗？”他问。

“不，先生，”我说。“我等今天夜里才喝。”

我开了瓶塞，把啤酒向他递过去，这时候，我看到这个棕色的大家伙，它的上颌突像一支比你的胳膊还要长的矛，脑袋和肩部突然冲出水面，向那条马鲛鱼扑去。它看上去跟一段锯下来的原木差不多一样大。

“放松钓索！”我大叫。

“它还没有上钩哪，”约翰逊说。

“那么，别放。”

它是从海水深处游上来的，没有咬到鱼饵。我知道，它会拐个弯，再向鱼饵冲过来。

“准备好，等它一咬住鱼饵，就对它放松钓索。”

接着，我看到它从后边的水面下游来。你可以看到它的鳍张开着，像紫色的翅膀那样阔，棕色的鱼身上有一条条紫色的条纹。它像一艘潜水艇似的冲来；它的背鳍露出来了；你可以看到它剖开水面。接着，它一下子来到鱼饵后面；它的矛状上颌突也显现出来了，微微摇动，完全露出水面。

“让它把鱼饵吞进嘴去，”我说。约翰逊把手从绕索轮上挪开；轮子开始发出吱吱的响声；这条该死的马林鱼[1]身子一拐，沉下水去；它胡乱拐过身子，向海岸很快游去的时候，我可以看到它的整个身长，银光闪闪。

“稍微扭紧一点制动器，”我说。“别扭得多。”

他在制动器上扭了一下。

“别扭得太多，”我说。我可以看到钓索斜着向上了。“扭紧制动器，使劲制住它，狠狠地拉它，”我说。“你得狠狠地拉它。不管怎样，它总是要跳的。”

约翰逊扭动制动器，使螺旋轮放慢旋转，接着又把手放回到钓竿上。

“狠狠地拉它！”我跟他说。“把钓钩深深地扎进它的身体去。拉上六七回。”

他狠狠地又拉上两三回，接着鱼竿弯得好像变成两截；钓索螺旋轮开始吱吱地大叫起来；接着，砰的一声，响得像打雷，长长的、笔直的一跳，马林鱼跳出了水面，在阳光中银光闪闪，溅起了水花，好像一匹马从悬崖上摔下来似的。

“打开制动器放钓索，”我跟他说。

“它逃掉了，”约翰逊说。

“该死的，它才没逃掉哩，”我跟他说。“快放松制动器。”

我可以看到钓索变弯了；那条鱼下一次是在船尾旁跳起来的，向海洋游去。后来，它又露出水面，把海水搅成白色，我可以看到，鱼钩钩住了它的嘴边。它身上的条纹清清楚楚。它是条好鱼，现在变成亮闪闪的银色，有一条条紫色条纹，跟锯下来的原木差不多一样大。

---

① 马林鱼（marlin）：又名枪鱼、青枪鱼、箭鱼等。

“它逃掉了，”约翰逊说。钓索松了。

“给它收钓索，”我说。“它给牢牢地钩着嘛。开动一切机器，把船往前开！”我向那个黑人大叫。

接着，它露出水面一回、两回，僵硬得像一根柱子，它的整个身子直挺挺地向我们跳过来，每一回它落到水里，把海水溅得很高。钓索绷紧了；我看到它又向海岸游去；我可以看到它在掉转身子。

“嗨，它要拚命游啦，”我说。“它要是给钩住了的话，我会撵上它的。你别用制动器把钓索拉得太紧。钓索多着哪。”

那条该死的马林鱼像一切大鱼那样向西北游去；我说，老兄，他的确没脱钩。它开始用一个个长长的、从容不迫的跳跃动作跳跃，每一回落水就像在海中的快艇那样溅起水花。我们跟在它后面，我拐弯以后，总是把它拦在船侧后部。我掌握着舵轮，不断地向约翰逊大叫，要他别用制动器把钓索拉得太紧，让螺旋轮快速地放出钓索。冷不防，我看到他的钓竿猛地一震，钓索松弛了。由于钓索形成的肚状突起部分的拉力，看上去钓索并不显得松弛，除非你知道这种情况。可是我知道。

“它逃掉了，”我跟他说。那条鱼仍然在跳，它不断地在跳，直到看不见为止。它的确是条好鱼。

“我仍然感到它在拉，”约翰逊说。

“那是钓索的重量。”

“我几乎没法用旋转轮收钓索。也许它死了。”

“瞧它，”我说。“它仍然在跳。”你可以看到它在半英里外，仍然在溅起一根根水柱。

我摸了摸他的制动器。他把制动器扭得很紧。你压根儿不可能拉出一点儿钓索来。它自然免不了会给拉断。

“我不是跟你说过，别用你的制动器把钓索拉得太紧吗？”

“可是它不断地把钓索拉出去。”

“那又怎样？”

“所以我把制动器扭紧了。”

“听着，”我跟他说。“鱼像这样上钩以后，你要是不给它们放钓索的话，它们就要把钓索拉断。没有任何钓索能把它拉住的。它们要钓索的时候，你就得给它们。你得把制动器保持在不扭紧的状态。那些卖鱼为生的打鱼人哪怕用系着鱼叉的钓索，也不可能制住它们。咱们该干的是，用船撵它们，这样它们在拚命游，游的时候，钓索就不用经受它们的全部力量了。等它们拚命游得乏力以后，就会潜下水去，这时候，你就可以扭紧制动器，把钓索收回来。”

“这么说，要是钓索不断的话，我会逮住它的？”

“你有过机会。”

“它不可能老是这样子跳啊跳的，对不对？”

“它还能干许多别的事情。要等到它拚命游以后，搏斗才开始。”

“好吧，咱们来逮一条，”他说。

“你首先得用螺旋轮把钓索收回来，”我跟他说。

我们钓住了那条鱼，又失去了它，都没有把埃迪闹醒。这会儿，老伙计埃迪回到船尾来了。

“怎么啦？”他说。

埃迪在变成酒鬼以前，曾是船上的一把好手，可是现在他压根儿不行了。我望着他站在那儿，高个子，两腮低洼，嘴唇松弛，眼角上沾着白眼屎；他的头发在阳光中都烤得颜色干枯。我知道，他从沉睡中醒来，完全是因为酒瘾发作了。

“你还是喝瓶啤酒的好，”我跟他说。他从箱子里取出一瓶，喝起来。

“唷，约翰逊先生，”他说，“我想，我还是把盹儿打完的好。非常感谢你的啤酒，先生。”真是个好样的埃迪。那条鱼没钓到并没有使他有什么不一样。

噢，约摸中午光景，我们钓住了另一条；它跳走了。你可以看到，它把钓钩摔掉的时候，钓钩飞到三十英尺高的空中。

“那么，我干错了什么？”约翰逊问。

“没有干错什么，”我说。“只是它摔掉了钓钩。”

“约翰逊先生，”埃迪说，他已经醒过来，又在喝啤酒了——“约翰逊先生，你的运气真糟。嗨，也许你跟女人打交道倒有好运气。约翰逊先生，今夜咱们出去逛逛怎么样？”说罢，他走回去，又躺下了。

约摸四点钟光景，我们逆着湾流水回到靠近岸边的地方，水急得像磨坊水车的水流似的哗哗流着；阳光照在我们的背上；我有生以来看到过的最大的黑马林鱼咬住了约翰逊的鱼饵。我们放出过一个鱿鱼形状的鱼饵[①]，逮住了四条小金枪鱼；那个黑人把一条金枪鱼钩在鱼钩上当鱼饵。那条鱼拖着沉得很，可是在船尾的水波中扬起一个大浪花。

约翰逊把钓索螺旋轮上的控制带解开，这样他就能把钓竿横在他的两个膝盖间，因为他一直用一个合适的姿势拿着，两条胳膊累了。因为他抓着钓索螺旋轮的线轮轴，对付那个大鱼饵的拉力，两只手累了；他趁我不注意的时候，扭紧了制动器。我一直没发现他

① 鱿鱼形状的鱼饵（feather squid）：一种人工制造、状如鱿鱼的鱼饵，主要用来钓金枪鱼。

扭紧了制动器。我不喜欢他那样拿着钓竿，可是我讨厌没完没了地数落他。再说，只要制动器没有关紧，钓索会不断地放出去，那就不会有危险。不过，这是不正规的钓鱼方式。

我在掌管舵轮，船开在老水泥厂对面的湾流边上；那儿，湾流的水一直挨到岸上边，所以水很深，形成了一片有点像旋涡的水域，那儿总是聚集着许多鱼，它们会把别的鱼诱来。后来，我看到像一个深水炸弹溅起的那样的浪花，接着是一条黑马林鱼的箭状上颚、眼、张开的下颚和紫黑色的巨大脑袋。整片背鳍高高耸出水面，看上去好像装备齐全的一艘全帆帆船那样高；它向那条金枪鱼凶猛地冲来的时候，它的整条像长柄大镰刀似的尾巴露出水面。它的剑形上颌跟棒球棒差不多一样大，向上斜着；它向那条鱼饵咬去的时候，把海面劈开了一大片。它浑身紫黑色；眼睛跟汤盆一样大。真是个庞然大物。我敢肯定地说，它准有一千磅重。

我向约翰逊大叫，让他放钓索，可是我还来不及说话，只见约翰逊从座位上一下子直升到空中，好像在被转臂起重机吊起来似的；他啊，刚把手抓到钓竿上，钓竿弯得像一张弓，接着钓竿柄打在他的肚子上；整个设备都翻进海去。

他刚才把制动器扭紧了；那条鱼咬住鱼饵的时候，把约翰逊从座位上一下子拉了起来；他不可能制住这力量。他把钓竿柄放在一条大腿下面，把钓竿横在怀里。要是他把控制带系着螺旋轮的话，那么他也会被一起带走的。

我关掉发动机，回到船尾。他坐在那儿，两只手捂在刚才给钓竿柄打过的肚子上。

“我想，今天就到此为止吧，”我说。

“那是什么鱼？”他跟我说。

“黑马林鱼，”我说。

“怎么会发生这事儿的？”

“你估算得出的，”我说。“钓索螺旋轮花两百五十块买的。现在更贵了。钓竿我花了四十五块。还有六百码不到一点儿的三十六号钓索。”

就在这时候，埃迪拍拍他的脊背。“约翰逊先生，”他说，“你真是不走运。你知道，我这辈子还从来没有看到过这种事情。”

“闭嘴，你这酒鬼，”我跟他说。

“我告诉你，约翰逊先生，”埃迪说，“这是我这一辈子看到过最希罕的事儿。”

“我给一条鱼这样钓住了的话，那该怎么办呢？”约翰逊说。

“你说过要独自个儿搏斗，这就得看你的了，”我跟他说。我恼火极了。

“那些鱼太大了，”约翰逊说。“嗐，这简直会整治人。”

“听着，”我说。“一条这样的鱼会要了你的命。”

“也有人逮住它们的。”

“懂得怎么钓鱼的人会逮住它们。可是别以为他们可能豁免受到整治。”

“我看到过一张一个小姑娘逮住一条鱼的相片。”

“没错儿，”我说。“静态钓鱼[①]。鱼吞下了鱼饵；人们拉出了它的胃；它浮出水面，死了。我是在说，鱼把钓钩吞进嘴以后，就拖钓。”

“得了，”约翰逊说，“这种鱼太大了。钓它们要是没有乐趣的话，那干吗要钓呢？”

“说得对，约翰逊先生，”埃迪说。“要是这不能给人乐趣的

---

① 静态钓鱼（still fishing）：抛锚停船钓鱼，或在水中静置钓索和鱼饵钓鱼。

话，那干吗要钓呢？听着，约翰逊先生。你这话说到节骨眼上了。要是这不能给人乐趣的话——那干吗要钓呢？”

我从看到那条鱼起就一直心情紧张，还为那些设备难受得很；我没法静下心听他们说话。我吩咐那个黑人向莫罗古堡方向开去。我不跟他们说一句话；他们坐在那儿；埃迪坐在一个座位上，手里拿着一瓶啤酒；约翰逊呢，也拿着一瓶。

“船长，”过了一会儿，他跟我说，“你能给我调一杯加冰块的威士忌苏打吗？”

我一句话不说，给他调了一杯；然后，我给自己倒了一杯纯威士忌。我暗自在想，这个约翰逊钓了十五天[①]鱼，最后他钩住了一条一个打鱼人情愿花上一年豁出命去弄到手的鱼；他丢掉了它，他还丢掉了我的钓大鱼的设备；他干了蠢事，出乖露丑，可是坐在那儿，心满意足，跟一个酒鬼一起喝酒。

我们回到码头上的时候，那个黑人站在那儿等着，我说，“明天怎么样？”

“我不想去了，”约翰逊说。“我对这样的钓鱼腻烦了。”

“你要跟这个黑人结清账，不要他再来了吗？”

“我该付他多少？”

“一块美元。你可以付一点小费，你想付的话。”

约翰逊听到后，付给那个黑人一块美元和两个两毛钱的古巴硬币。

“这算什么？”那个黑人问我，给我看两个硬币。

“小费，”我用西班牙语跟他说。“你的买卖结束了。他给你这些钱作小费。”

---

① 前文说“三礼拜”，此处说“十五天”，原文如此。

“明天不用来了？”

“不用了。”

那个黑人取了他用来系鱼饵的那个麻绳球和他的太阳眼镜，戴上草帽，再见也不说一声就走了。他是个不把我们哪一个放在眼里的黑人。

“你打算什么时候结账，约翰逊先生？”我问他。

“我明天早晨去银行，”约翰逊说。“明天下午，咱们就能结账了。”

“你知道一共是几天吗？”

“十五天。”

“不。加上今天，是十六天；还有两头都得加一天，是十八天。出了今天的事儿，还得付钓竿、钓索螺旋轮和钓索的钱。”

“你该负担丢掉设备的风险。”

“不对，先生。你是在那种情况下丢掉的，那就不该由我来负担了。”

“我每天付钱租用这些设备的。你该担负风险。”

“不，先生，”我说。“要是设备是给一条鱼弄坏的，那就不是你的过错了，那就是另一回事儿了。你是不小心才弄丢掉所有这些设备的。”

“是那条鱼把设备从我手里拉走的。”

“因为你扭紧了制动器，又没有把钓竿插在袋子里。”

“你没有理由向我要这笔钱。”

“你要是租了一辆汽车，把它从悬崖上开了下去，难道你不认为你得赔钱吗？”

“我要是在车里的话，就不用赔了，”约翰逊说。

“说得太好了，约翰逊先生，”埃迪说。“你听清楚了吧，是不是，船长？他要是在车里的话，就没有命了。所以他就不必赔了。这话说得真妙。”

我压根儿不理睬那个酒鬼。“你该为那钓竿、钓索螺旋轮和钓索赔两百九十五块，”我跟约翰逊说。

“嗨，这不公平，”他说。“不过，你要是觉得应该这么办的话，干吗不打个折扣呢？”

“没有三百六十元，我没法置全部新设备。可我没有要你赔钓索。一条这样的鱼能把你所有的钓索毁掉；这不是你的过错。要不是这儿只有一个酒鬼，没有别人的话，就会有人告诉你，我对你是多么公道。我知道，这看来是一大笔钱，可是我买这些设备的时候，也花了一大笔钱嘛。要是你不买你能买到的最好的设备的话，你就没法这样钓鱼。”

“约翰逊先生，他说我是个酒鬼。也许我是的。可是我告诉你，他的话是对的。他的话是对的，他是合情合理的，”埃迪跟他说。

“我不想在这件事儿上争了，”约翰逊最后说。“我会付钱的，哪怕这事儿我想不通。这就是，十八天，每天三十五块，外加两百九十五块。”

“你付过一百块给我，”我跟他说。“我会给你一张我付掉的钱的单子，我还会扣掉剩下的食物的钱。准备出海和回航用的食物是你买的。”

“这合情合理，”约翰逊说。

“听着，约翰逊先生，”埃迪说。“你要是知道有些人通常怎么向一个外国人收费的话，你就会知道，这就不止是合情合理了。你知道，这是怎么一回事吗？这是特殊照顾。船长待你就跟他待他的亲妈一样好。”

“我明天早晨去银行，下午回这儿来。然后，我乘后天的班船。”

“你可以跟我们一起回去，别花船票费了。”

“不了，”他说，“我乘班船，可以节省时间。”

“好吧，”我说。“喝一杯怎么样？”

“那敢情好，”约翰逊说。“现在不生气了吧，对不对？”

“不了，先生，”我跟他说。接着我们三人坐在船尾那儿，一起来一杯加冰块的威士忌苏打。

第二天，我整个早晨在船上干活儿，换掉船底部的油，还有其他种种事情。中午，我不到闹市区去，而是在一家中国佬开的小馆子里吃饭；在那儿花四毛钱，你就可以美美地吃一餐了；接着，我去买了些东西，带回家去给我的妻子和我们的三个女儿。你知道，香水啦、几把扇子啦，还有三把高梳子。我办完事儿以后，顺便走进多诺万酒馆，来一杯啤酒，跟那个老人谈了一会儿，接着走回旧金山码头，一路上在三四家酒馆里停下来喝啤酒。我在丘纳德酒吧间请弗兰基喝了两三杯，然后登上船，感到心情很好。我来到船上的时候，身上只剩下四毛钱了。弗兰基跟我一起上了船，我跟弗兰基在等约翰逊的时候，一起喝了几瓶从冰箱里取出来的冰啤酒。

埃迪一整夜，或者说一整天没有露面，可是我知道，只要没有人再让他赊账，他早晚会出现的。多诺万跟我说，上一夜他跟约翰逊在那儿待过一会儿，是埃迪以他的名义赊账的。我们等着；我开始怀疑起约翰逊会不会露面了。我给码头上的人留过话，转告他上船去等我，可是他们说，他没有来。尽管这样，我还是猜想他昨宿在外面逛得晚，中午光景才起床。银行开到三点半。我们看到飞机飞去；五点半光景，我再也没有好心情，变得非常担心了。

六点钟，我差弗兰基去旅馆，看约翰逊是不是在那儿。我仍然认为，他也许出去一会儿，要不，因为心情太坏，还赖在旅馆里床上。我继续等着，等着，直到天黑。可是我非常担心，因为他欠着我八百二十五块哩。

弗兰基去了半个钟头多一点儿。我看到他走来的时候，他脚步很快，摇晃着脑袋。

“他乘飞机走了，”他说。

好啊。原来是这样。领事馆已经关门了。我还有四毛钱；不管怎样，现在飞机已经停在迈阿密[1]了。我甚至没钱打个电报。真是个好样的约翰逊先生，好啊。这全是我的过错。我早该料到的。

“得了，”我跟弗兰基说，“咱们还是来瓶冰啤酒。约翰逊先生花钱买的。”还剩下三瓶热带牌啤酒。

弗兰基跟我一样心情很糟。我不知道，他怎么可能心情糟，可是他看起来是这样。他老是不断地拍我的脊背，摇晃着他的脑袋。

啊哈，情况就是这样。我一个子儿也没有了。五百三十元的租船费我拿不到了；那些设备呢，没有三百五十块我也换不成了。那帮在码头上转悠的人中有一些人会对这件事儿多么高兴啊，我想。不用说，这会让有些本地佬[2]快活的。上一天，有人愿意出三千块，要我把三个外国人送到佛罗里达群岛上，我也不干。去哪儿都行，只要把他们送出这个国家就行。

好啊，现在我将干些什么呢？我没法用船带一批货，因为我得有钱去买烈酒啊；再说，贩私酒再也挣不了多少钱了。城里到处都是酒，可没有人买。不过，我决不能，再怎么也不能一个子儿都没

① 迈阿密(Miami)：美国佛罗里达州东南部港市。

② 本地佬(conch)：英语的意思是“海螺”。此处是俚语。意为“这一带居民”，确切地说，是指美国佛罗里达州南部沿海各珊瑚岛上的居民，其中最西端的岛是基韦斯特，哈里·摩根就住在那里。传说因这一带海域里盛产海螺，所以岛上居民有“海螺”的外号。

有地回家去，待在那个小城里，整整一个夏天挨饿。再说，我还有一家子人哩。在我们入境的时候，结关费倒是付清了。你惯常预先把钱付给代理人。他把你领进境，就跟你结清账。真他妈的，我甚至没有足够的钱加汽油。这确实是好大的一笔倒账哪。真是个好样的约翰逊先生。

“我不得不运点东西，弗兰基，”我说。“我得挣点钱。”

“我来想办法，”弗兰基说。他一向在码头一带转悠，干些零碎活儿，耳背得很，夜夜喝得太多。可是你绝不可能见过一个比他更忠诚、心眼更好的人了。自从我第一次来到这儿闯荡，就认识他了。他过去总是帮我搬运货物，有许多回。后来，我不干倒腾货物的买卖了，改行干开了开旅游船到古巴来钓箭鱼这个行当，在这以后，就经常在码头上和咖啡馆里见到他，有许多回哩。他看来像个哑巴，经常用微笑代替说话；不过，那是因为他耳背。

“你什么都运？”弗兰基说。

“那还用说，”我说。“我现在没法挑挑拣拣了。”

“什么都运？”

“那还用说。”

“我来想办法，”弗兰基说。“你会在哪儿呢？”

“我会在明珠餐馆里，”我跟他说。“我不得不填饱肚子。”

你在明珠餐馆里花两毛五分就能美美地吃一餐了。除了汤以外，餐单上的菜都是一毛钱一份，而汤是五分。我跟弗兰基一起走到那儿；接着我走进餐馆，他继续走去。在他走前，他跟我握握手，又轻轻地拍拍我的脊背。

“别担心，”他说。“我，弗兰基；办法懂得多。买卖懂得多。酒喝得多。没有钱。可是个铁哥儿们。别担心。”

“再见，弗兰基，”我说。“你也别担心，老弟。”

第二章

我走进明珠餐馆，在桌子旁坐下。那块被子弹打烂的橱窗玻璃已经配好了；玻璃陈列柜也修好了。许多加利西亚人[①]坐在酒吧柜前喝酒，有几个在吃东西。一张桌子旁，已经有人在玩多米诺骨牌。我花一毛五分钱，要了黑豆汤和炖牛肉加煮土豆。要了一瓶阿图埃[②]牌啤酒，付的钱增加到两毛五分。我跟那个服务员谈起那场枪战的时候，他什么都不愿说。他们都吓坏了。

我吃罢饭，背靠在椅子上，点上一支烟卷，愁得快要发疯了。接着，我看到弗兰基从门外走进来，背后跟着一个人。黄种人，我暗自在想。原来是黄种人。

“这位是辛先生，”弗兰基说，微笑着。他确实办事很利索；他自己也知道。

“你好！”辛先生说。

辛先生可以算是我见到过的最圆滑的人了。他是个十足地道的中国佬，可是他讲起英语来像个英国人；他穿一套白西服和丝衬衫，系着一条黑领带，戴着一顶一百二十五块美元一顶的巴拿马草帽。

“你来杯咖啡吗？”他问我。

“你要的话，也来一杯。”

“谢谢，”辛先生说。“咱们在这儿没有别人了吗？”

“要是把泡在这酒馆里的人除外的话，”我跟他说。

“这不相干，”辛先生说。“你有一艘船？”

“三十八英尺长，”我说。“一百匹马力，克尔马思造船公司造的。”

“啊，”辛先生说。“我原来想，船要大些。”

“空船的话，可以装两百六十五个货箱。”

“你愿意把它租给我吗？”

“什么条件？”

“你用不着去。我会配备船长和船员的。”

“不，”我说。“它去哪儿，我去哪儿。”

“我明白了，”辛先生说。“请你走开一下，好不好？”他跟弗兰基说。弗兰基仍然显出一副注意的模样，对他微笑。

“他耳背，”我说。“他英语懂得不多。”

“我明白了，”辛先生说。“你会说西班牙语。告诉他待一会儿再来见我们。”

我伸出大拇指对他摇了摇。他站起身来，向酒吧柜走去。

“你不会说西班牙话？”我说。

“啊，会，”辛先生说。“唔，是什么情况会——使你考虑……”

“我一个子儿都没有了。”

“我明白了，”辛先生说。“那艘船欠什么人钱吗？它可能被控告吗？”

“不。”

“原来是这样，”辛先生说。“你的船容得下多少我的不幸的同胞？”

“你的意思是说运送？”

---

① 古巴曾沦为西班牙殖民地，故西班牙加利西亚人后裔在古巴甚多。
② 阿图埃(Hatuey)：古巴东北部卡马圭省一城市。

“正是这个意思。”

“去多远？”

“一天航程。”

“我不知道，”我说。“要是没有一点行李的话，能运十一二个人。”

“他们没有行李。”

“你要把他们运到哪儿？”

“我会让你看着办的，”辛先生说。

“你的意思是，让他们在哪儿上岸由我定？”

“你要把他们往托尔图加斯[①]运，那儿有一艘纵帆船把他们接走。”

“听着，”我说。“托尔图加斯小群岛的蠵龟礁上有座灯塔，那儿有无线电设备，为两国[②]工作。”

“说得对，”辛先生说。“把他们运到那儿上岸当然很蠢。”

“那怎么办？”

“我刚才说的是，你要把他们往那个地方运去。这是他们的航程规定了的。”

“行，”我说。

“按照你的判断，他们哪儿上岸最好，就运到哪儿。”

“那艘纵帆船会到托尔图加斯去接他们吗？”

“当然不会，”辛先生说。“真蠢。”

“运一口多少钱？”

“五十块，”辛先生说。

---

① 托尔图加斯（Tortugas）：在墨西哥海湾内，美国佛罗里达州沿海的小群岛，其中最大的一个小岛就是下文提到的蠵龟礁。

② 指美国和古巴。

“不行。”

“七十五怎么样？”

“你一口人拿多少？”

“啊，你这话说到哪儿去了。你知道，我还有许许多多方方面面，或者你会说是渠道吧，要去通路子。事情不是在那儿就结束了嘛。”

“可不是，”我说。“那凭什么我又被认为干这事儿用不着付出代价呢，哦？”

“我完全明白你的意思了，”辛先生说。“咱们说一百块一口人，怎么样？”

“听着，”我说。“你知道要是他们发现这事儿是我干的话，我在牢里要蹲多久吗？”

“十年，”辛先生说。“至少十年。可是没有理由去蹲牢嘛，我亲爱的船长。你只冒一个险——你运那些乘客的时候。其他的一切就凭你的谨慎了。”

“要是他们回来找你呢？”

“那挺简单。我要向他们把话说清楚，是你出卖了我。我会退还一部分钱，把他们再送出去。不用说，他们懂得偷渡入境是挺艰难的。”

“拿我怎么办呢？”

“我想我该写封信给领事。”

“我明白了。”

“一千两百块，船长，眼下可不是一笔无足轻重的钱。”

“我什么时候能拿到钱？”

“你一同意，马上拿两百；人上了你的船，拿一千。”

“要是我拿了两百块溜掉呢？”

“当然啦，我一点办法都没有，”他微笑了。“不过，我知道你不会做这样的事情的，船长。”

“你把两百块带来了吗？”

“那当然。”

“把钱放在盘子下。”他照办。

“好吧，”我说。“我会在早晨去结关；天黑后把船开出来。哦，咱们在哪儿上人呢？”

“在巴库拉那奥[①]怎么样？”

“好吧，你安排定当了吗？”

“当然啦。”

“嗨，谈谈上人的办法吧，”我说。“你在当地用两个电筒亮两次，一道光在另一道上方。我看到电筒光以后，就会把船开进来。你坐一艘小船出来，用小船驳人。你亲自来，带上钱。我收不到钱，不会让一口人上船的。”

“不行，”他说；“你开始放人上船后，拿一半；另一半人上罢了拿。”

“好吧，”我说。“这合情合理。”

“这么说，一切都谈妥了？”

“我想是这样，”我说。“不带行李，也不带武器。不带枪，不带刀，或者剃刀；什么都不带。这我得先弄清楚，不能含糊。”

“船长，”辛先生说，“你对我不信任吗？难道你没有看到咱们的利益是完全一致的吗？”

“你能打包票吗？”

“请别叫我难堪，”他说，“难道你没有看到咱们的利益是完全

---

① 巴库拉那奥（Bacuranao）：古巴西部一城市，离哈瓦那市 7 公里。

一致的吗？”

“好吧，”我跟他说。“你什么时候在那儿？”

“午夜以前。”

“好吧，”我说。“我想就这么办吧。”

“你要哪种钞票？”

“要一百块一张的。”

他站起身来；我望着他走出去。他走过的时候，弗兰基对他微笑。辛先生没有看他。他确实是个长相圆滑的中国佬。真是个好样的中国佬。

弗兰基来到桌子旁。“怎么样？”他说。

“你在哪儿认识辛先生的？”

“他运送中国人，”弗兰基说。“大买卖。”

“你认识他多久了？”

“他在这儿约摸两年光景了，”弗兰基说。“他来以前，另一个人运送中国人。有人杀了他。”

“也有人会杀了辛先生的。”

“没错儿，”弗兰基说。“干吗不会呢？很大很大的买卖哩。”

“好买卖，”我说。

“大买卖，”弗兰基说。“运送走的中国人从来不回来。别的中国人写信说，一切都好。”

“真精彩，”我说。

“这种中国人不会写字。会写字的中国人都是有钱人。他们什么都吃不起。靠吃大米过活。这儿有十来万中国人。只有三个中国女人。”

“为什么？”

“政府不允许。”

“这情况真糟糕，”我说。

“你跟他干成买卖了？”

“也许干成了。”

“好买卖，”弗兰基说。“比干政治强。钱多。很大的买卖。”

“来一瓶啤酒，”我跟他说。

“你不再担心了吧？”

“去他妈的，不了，”我说。“很大的买卖。非常感谢。”

“好，”弗兰基说，拍拍我的脊背。“没有比这更叫我高兴的了。我只是要你高兴。中国人的好买卖，哦？”

“好极了。”

“也叫我高兴，”弗兰基说。我看到他快要哭出来了，因为他是为一切都顺利而那么开心，所以我拍拍他的脊背。真是好样的弗兰基。

早晨第一件事情是，我找到了那个代理人，告诉他给我们结关。他要船员的名单；我跟他说一个没有。

“你要独自个儿渡海，船长？”

“对。”

“你的助手怎么了？”

“他喝得醉么咕咚，”我跟他说。

“独自个儿渡海很危险的。”

“只有九十英里嘛，”我说。“你认为有一个醉鬼在船上会有什么两样吗？”

我把船开到海港对面美孚石油公司的码头，在两个油柜里都加满了油。我加了几乎两百加仑，才把两个油柜都加满。我不愿意一加仑汽油要付两毛八分，可是我不知道我们可能上哪儿去。

自从我见到那个中国佬，收下钱以来，我一直担心这桩买卖。

我想，我整整一宿没有睡着过。我把船开回旧金山码头去；埃迪在码头上等我哩。

“喂，哈里，”他跟我说，招招手。我把船尾的缆绳扔给他，他系好缆绳，然后登船；比往常个子高了一些，眼神模糊了一些，醉得厉害一些。我一句话也不跟他说。

“哈里，那个家伙约翰逊这样溜掉了，你有什么打算呢？”他问我。“你对这事儿了解到什么情况吗？”

“从这儿滚开，”我跟他说。“你叫我恶心。”

“老兄，我不是跟你一样感到不好受吗？”

“滚下船去，”我跟他说。

他干脆舒舒服服地坐在椅子上，背往后一靠，伸直两条腿。“我听说咱们今天要横渡海峡，”他说。“嘿，我想待在这一带也没有一点儿用处。”

“你不去。”

“怎么啦，哈里？跟我发火可没有道理。”

“没有道理？滚下船去。”

“啊，消消气。”

我在他脸上揍了一下；他站起身来，接着向码头上爬上去。

“我不会对你干这样的事儿的，哈里，”他说。

“你说得他妈的完全对，你不会干的，”我跟他说。“我不会带你出海的。就是这么回事。”

“那么，你干吗非揍我不可呢？”

“这样干，你才会相信。”

“你要我干什么？待在这儿挨饿？”

“挨饿，见鬼去吧，”我说。“你可以搭渡船回去。你可以靠干活儿回去。”

“你待我不公平，”他说。

“你到底待谁公平过，你这酒鬼，”我跟他说。“你会出卖你的亲妈。”

这也是实话。可是我为揍了他觉得不好受。你知道，你揍了一个醉鬼，心里是什么滋味。可是眼下既然是这样的情况，我是不可能带他去的，哪怕我想带也不行。

他开始在码头上一路走去，看起来好像不止一天没吃早餐了。后来，他转过身子，走回来了。

“给我几块钱怎么样，哈里？”

我给他一张那个中国佬给的五块的钞票。

“我一向知道，你是我的铁哥儿们。哈里，你干吗不带我去？”

“你运气差。”

“你只是在发火罢了，”他说。“不要紧，铁哥儿们。你还会高兴看到我的。”

他既然有钱了，走起来快得多了，可是我可以肯定地说，哪怕看他走路，都叫我恶心。他走路的时候，好像关节都向后扭。

我登上岸，到明珠餐馆去，会见那个结关代理人；他把结关文件给我，我请他喝了一杯。接下来，我吃午饭；弗兰基走进来了。

“有人把这交给我，让我转交给你，”他说，递过来一个卷着的、有点像管子形状的东西，外面裹着纸，用红绳系着。我解开裹着的纸，摊开来的时候，从形状看，它好像是一张相片；我以为也许是一张码头附近哪一个拍的我那艘船的相片。

好啊。原来是一张一个死黑人的脑袋和胸膛的特写相片，他的脖子上利索地开了一个口子，从这一边耳朵到另一边，然后整齐地缝起来了；胸前的一张卡纸上用西班牙语写着：“这是我们处置Lenguas largas的办法。”

“谁给你的？”我问弗兰基。

他指指外面一个在码头一带干杂活儿的西班牙小男孩，那个小男孩害着痨病，眼看活不长了。他站在用便餐的长条桌旁。

“叫他过来。”

那孩子走过来。他说是两个年轻人在约摸十一点光景把那东西交给他的。他们问他，他是不是认识我；他说，认识。后来，他把那东西交给弗兰基，让他转交给我。他们给他一块钱，要他一定要让我收到。他们穿的衣服很讲究，他说。

“要手段，”弗兰基说。

“啊，可不是，”我说。

“他们认为，你把那天早晨你在这儿跟那几个小伙子见面的事儿报告警察了。”

“啊，可不是。”

“要手段真糟糕，”弗兰基说。“你走掉是好事情。”

“他们留下什么话吗？”我问那个西班牙小男孩。

“没有，”他说。“就是要把那东西给你。”

“我现在要离开了，”我跟弗兰基说。

“要手段真糟糕，”弗兰基说。“政治很糟糕。”

我把结关代理人交给我的所有文件扎在一起，付了账，走出那家餐馆，穿过广场，走进那扇大门；我很高兴穿过了仓库，终于走到了外面码头上。那些年轻人确实把我吓坏了。他们真是够蠢的，竟然认为我向另一伙人暗中通风报信。那些年轻人像潘乔。他们一心惊肉跳，就心情激动，而他们的心情一激动，就要杀人。

我来到船上，预热了发动机。弗兰基站在码头上望着。他流露出聋子才显露的古怪的微笑。我走回到他身旁。

“听着，”我说。“你别陷这件事儿内，省得惹什么麻烦。”

他没法听清我的话。我不得不把话向他大叫着说一遍。

“我要起手段来挺在行，”弗兰基说。他解开了缆绳，扔上船来。

第三章

弗兰基已经把张帆索扔上船；我向他摇摇手，接着把船开出码头间的水域，把船在航道上开出海去。一艘英国货船正在往外开；我一路在它旁边航行，后来超过了它。它满满地装着白糖；船壳钢板上锈迹斑斑。我经过那艘船的时候，一个穿着陈旧的蓝色圆领套衫的英国水手从船尾上望下来，看着我。我开出海港，经过莫罗古堡，把船开在往基韦斯特的航线上；正北方。我离开舵轮，向前走去，卷起张帆索，然后走回去，掌握船的航向，让船在航线上行驶，让哈瓦那在船尾渐渐展现，接着我们把它抛在身后，这时候我们让群山渐渐耸现了。

过了一会儿，我把莫罗古堡撂在视野外，接着是国民旅馆，最后我只能看到国会的穹顶了。跟最近我们钓鱼的那一天相比，潮流不算大，只有微风。我看到两艘单桅小帆船向哈瓦那开去；船是从朝西的方向开过来的，所以我知道潮流不大。

我关上开关，停掉马达。没有理由要浪费汽油。我让它漂流。天黑下来以后，我可以看到莫罗古堡的灯光，要不，要是它漂得太远的话，可以看到科希马尔[①]的灯光的，靠着灯光开进去，一路开到巴库拉那奥。我估计，潮流看上去既然是这样子流着，等到天黑，船会漂流十二英里，漂到巴库拉那奥；我会看到巴拉科那的灯光的。

得了，我关掉马达，向前面爬上去看看四周。只看到两艘从西面开来的单桅小帆船在开过来，还有后面远处海边上，白色的国会穹顶高高耸现。湾流上有一些果囊马尾藻；几只鸟在抓鱼，可是不多。我在那幢大厦前注视了一会儿，可是我看到的鱼只是通常在果囊马尾藻周围转悠的那种棕色小鱼。老兄，别听任何人跟你说，在哈瓦那和基韦斯特中间水面不怎么开阔。我只是坐在它的边上哩。

过了一会儿，我又到下面驾驶舱去；埃迪在那儿。

"怎么啦？马达怎么啦？"

"它出毛病了。"

"你干吗不把舱口盖开着？"

"啊，见鬼去吧！"我说。

你知道他干了什么？他又回来了，打开前舱口盖，溜进下面船舱，睡着了。他带来了两夸脱朗姆酒。他在他见到的第一家酒店里买的，然后带着酒，上了船。我开船的时候，他醒了，接着又睡着了。我把船开进海湾的时候，船在波浪中有一点儿颠簸，把他颠醒了。

"我知道你会带我的，哈里，"他说。

"带你见鬼去，"我说。"甚至船员名单上都没有你。我现在倒有一个好主意，让你跳下海去。"

"你老是爱开玩笑，哈里，"他说。"咱们都是小岛上的本地佬，遇上麻烦的时候，应该抱成一团嘛。"

"你，"我说，"凭你这张嘴。你头脑一发热，谁能信任你这张嘴？"

"我是个好人，哈里。你不妨让我经受这回考验，就会知道我是一个多么好的好人了。"

"把两夸特酒给我，"我跟他说。我在想别的事情。

---

① 科希马尔(Cojmar)：古巴西部一城市，系避暑地。

他把酒拿出来；我从已经开了瓶塞的那一瓶酒喝了一口，把两瓶酒放在前面的舵轮旁。他站在那儿；我望着他。我为他，也为那件我知道我不得不干的事情感到难受。真他妈的，他是个好人那会儿，我就认识他了。

“船怎么啦，哈里？”

“船没有毛病。”

“那么，怎么啦？你干吗这样望着我？”

“老弟，”我跟他说，也为他感到难受，“你陷在一堆大麻烦里了。”

“你这话是什么意思，哈里？”

“我眼下还不知道哩，”我说。“我还没有把事情全想清楚哪。”

我们在那儿坐了一会儿；我不想再跟他说话了。我明白了那件我不得不干的事儿后，跟他说话就困难了。后来，我到下面去，取出我一直放在下面船舱里的那支滑机操作的连发枪[①]和那支温切斯特牌30—30连发步枪[②]，把放在枪盒里的枪挂在房顶上我们通常挂钓竿的地方，就是在舵轮正上方，我一伸手就可以拿到的地方。我把两支枪放在两个全长的羊毛盒里，盒里的羊毛都用油泡过。你把枪放在船上，这是唯一可以防锈的办法。

我松开滑机，来回推拉了几回，接着装满枪弹，把一颗枪弹推进枪管。我在温切斯特牌连发枪的弹膛里装上一颗枪弹，还在弹盘装满了枪弹。我从床垫下取出我在迈阿密警察局干的时候保存着的那把特制的史密斯和韦森牌0.38英寸口径的左轮手枪，把它擦干

---

① 又叫滑膛枪。

② 一种美国制造的后膛装填式连发枪，以厂主奥立佛·温切斯特的姓作为枪的牌子。

净，抹上油，装满子弹，挂在我的皮带上。

“出了什么事儿？”埃迪说。“到底出了什么事儿？”

“没事儿，”我跟他说。

“这些该死的枪是干什么用的？”

“我总是带在船上，”我说。“向那些打搅鱼饵的鸟儿开火，或者向鲨鱼开火，或者沿着那些小岛航行的时候以防万一。”

“出了什么事儿，真他妈的？”埃迪说。“出了什么事儿？”

“没事儿，”我跟他说。我坐在那儿；船颠簸的时候，我的老伙计那把 0.38 英寸口径的左轮手枪一晃一晃地撞着我的腿，我望着他。我想，现在干那事儿没有意思了。现在我会需要他了。

“咱们要去干件小事儿，”我说。“在巴库拉那奥。时候一到，我会告诉你干些什么的。”

我不想太早告诉他，因为他会变得担惊受怕，吓得心慌意乱，什么用处也没有。

“你不可能找到比我更好的人了，哈里，”他说。“我这个人就是帮你干的。不管什么事情，我都跟你站在一起。”

我望着他，高个子，两眼迷糊，哆哆嗦嗦；我一句话也不说。

“听着，哈里。你给我来一口，行不行？”他问我。“我不想紧张得浑身哆嗦。”

我给他喝了一口。我们坐着，等天黑。日落的景致很美；叫人舒适的微风吹着；太阳落得很低的时候，我开动马达，把船慢腾腾地向陆地开去。

第四章

我们在黑暗中离岸约摸一英里光景停船。随着太阳落下去，潮流变急了；我注意到它滚滚地涌进来。我可以看到在远处向西的方向的莫罗古堡的灯光和哈瓦那灯火辉煌；我们对面的灯光是林康①和巴拉科阿②。我逆着潮流开过去，直到我开过巴库拉那奥，将近科希马尔。然后，我让船逆着潮流开去。天很黑，可是我能正确地说出，我们在哪儿。我把所有的灯都熄了。

“要去干什么，哈里？”埃迪问我。他又吓慌了。

“你在想什么？”

“我不知道，”他说。“你使我担惊受怕。”他差一点就要打哆嗦了；他走近我的时候，他嘴里冒出一股臭气，像秃头鹫的。

“几点了？”

“我下去看，”他说。他回上来，说九点半。

“你饿吗？”我问他。

“不饿，”他说。“你知道我吃不多，哈里。”

“好吧，”我跟他说。“你可以喝一口。”

他喝了一口以后，我问他，他的感觉怎样。他说他的感觉好了。

“稍微过一会儿，我会再让你喝两口，”我跟他说。“我知道，除非你喝了朗姆酒，你就不可能有胆子，可是船上酒不多了。所以你还是悠着点儿的好。”

“告诉我，怎么啦，”埃迪说。

“听着，”我说，在黑暗中跟他谈话。“咱们在往巴库拉那奥开去，去接十二个中国佬上船；我叫你掌管舵轮的时候，你就照办；叫你干什么，就干什么。咱们把十二个中国佬接上船，然后咱们把他们锁在下面前舱里。现在继续往前走；把舱口盖从外面关牢。”

他走上去，我看到他在黑夜中，变成一个黑影。他回来后，说：“哈里，我现在可以来一口吗？”

“不行，”我说。“我要你喝了朗姆酒变得胆子大起来。我不要你变成一个废物。”

“我是把好手，哈里，你会知道的。”

“你是个酒鬼，”我说。“听着。有一个中国佬要带来另外十二个。他会在开始的时候，给我一些钱。等他们全都上船以后，他会再给我一些。你看到他第二次开始给我钱的时候，把船向前开，推上排挡，然后把它向外海开去。不管发生什么事儿，你都别管。不管发生什么事儿，你要不停地把船开出去。你懂吗？”

“懂。”

“要是有哪个中国佬在咱们把船开到外海后，要从房舱里冲出来，或者从舱口里爬出来的话，你就用那支滑机操作的连发枪开火，把他们撵回去；他们一冒出来，你就得把他们撵回去。你知道怎样用滑机操作的连发枪吗？”

“不知道。不过，你可以教我。”

“你再怎么也不会记住的。你知道怎样用温切斯特吗？”

“只要拉动滑机，开枪就行。”

“说得对，”我说。“不过，别在船壳上打出个窟窿来。”

---

① 林康(Rincon)：波多黎各西部一城市。

② 巴拉科阿(Baracoa)：古巴东奥连特省北岸一海港城市。

“你还是给我再来一口的好，”埃迪说。

“好吧。我会给你一小口。”

我给了他一大口。我知道，现在酒不会使他醉了；不是吓得一下子把酒灌下肚子嘛。而是每一口会起短短一会儿作用。这个埃迪喝了后，好像他挺快活似的，说：“这么说，咱们要运送中国佬了。好啊，上帝作证，我过去老是说，哪一天我要是落得一个子儿都没有的话，就运送中国人。”

“难道你以前从来没有落得一个子儿都没有过不成，嗯？”我跟他说。他确实疯疯癫癫。

在十点半以前，我又给他喝了三口，维持他的胆气。看着他，叫人感到可笑，而且使我自己免得想那件事情。我没有估计到要等这么久。我原来计划天黑后出发，开出海去，避开强烈的灯光，一路沿岸航行，直到科希马尔。

十一点差一点儿，我看到在当地出现两道亮光。我等了短短一会儿，然后把船慢慢地开进去。巴库拉那奥是一个小海湾，那儿从前是一个装运海沙的大码头。雨季里，连绵不断的雨水冲开横在河口的沙洲后，有一条小河流进来。冬天，猛烈的北风把沙堆起来，河口就封住了。从前，人们乘着纵桅船来到，从河里装运番石榴，所以从前有一个市镇。可是飓风毁了市镇；现在除了一所房子外，全都没有了；那所房子是有几个加利西亚人用飓风吹倒的棚屋材料盖起来的；他们在礼拜天离开哈瓦那，来游泳和野餐，拿这所房子当更衣房。另外还有一所房子，是那个特派员住的，不过离海滩有好长一段路。

每一个像这样沿海岸的小地方，有一个政府特派员；不过，我想那个中国佬用的一定是他自己的船，而且已经把他买通了。我们把船开进去的时候，我可以闻到海葡萄的气味和那股甜丝丝的香味，香味是从岸旁灌木丛中传到你的鼻子里来的。

“向前去，”我跟埃迪说。

“你开在这一边什么都不可能撞到的，”他说。“你往里开的时候，礁石是在另一边。”你瞧，他从前是把好手。

“注意船，”我说，把船开进去，开到我知道他们可以看到我们的地方。没有风浪的话，他们可以听到马达的声音。我不知道他们是不是看得见我们，由于不愿等在那儿，我开亮了一下航行灯，只闪亮了一绿一红两道亮光，随即熄掉。接着，我掉转船头，向外开去，然后停在外面，马达没有关。周围有一片微微起伏的波浪。

“回到这儿来，”我跟埃迪说，给他喝了一大口。

“你得先用你的大拇指扳起扳机吗？”他低声跟我说。这会儿，他坐在舵轮前了；我已经伸出手去，把两个盒子打开，把枪托拉出约摸六英寸光景。

“没错儿。”

“啊，好样的，”他说。

酒竟然会对他起这么大的作用，而且起得多么快，真是妙极了。

我们停在那儿；我可以看到从特派员的房子那儿，透过灌木丛，出现一道亮光。我刚才看到那地方有两道亮光照下来，其中有一道在那地方移开去。他们一定把另一道熄掉了。

后来，过了一会儿，我看到一艘船从小海湾里向我们过来，有一个人在划。根据他前弯后仰摆动着身子的姿态，我可以认出来他是在划。我知道，他拿着一把大桨。我很高兴。要是来船是划桨的话，那就是说，是一个人。

他们一路过来。

“晚上好，船长，”辛先生说。

“到船尾来，让船的一侧靠近，”我跟他说。

他跟那个划船的年轻人说了几句，可是他没法把船向后划，所以我抓住小船的舷边，把它拉到船尾。船上有八个人。六个中国佬、辛先生和那个划船的年轻人。我把小船拉到船尾的时候，我等着什么东西揍在我的头顶上，可是没发生这样的事情。我挺直身子，让辛先生抓住船尾。

“该亮亮那玩意儿，让我瞧瞧它是什么模样儿了，”我说。

他把钱递给我；我拿着那卷纸币，来到埃迪在舵轮前的地方，打开罗经柜上的灯。我仔细地端详。在我看来，钱没有问题，接着，我熄掉灯。埃迪在打哆嗦。

“给你自己来一口吧，”我说。我看他伸手去拿酒瓶，把酒瓶斜着往嘴里灌。

我回到船尾。

“好吧，”我说。“让六个人上船。”

辛先生和那个划船的古巴人在费劲地干活儿，让船稳住在那片有微微起伏的波浪的海面上，避免碰撞。我听到辛先生用中国话说了一些话，接着船上所有的中国佬都开始往船尾上爬。

“一个一个上，”我说。

他又说了一些话，接着六个中国佬一个接一个来到船尾上。他们有高有矮，有胖有瘦。

“带他们往前走，”我跟埃迪说。

“往这边走，先生们，”埃迪说。上帝作证，我知道他刚才喝了一大口。

“锁上船舱，”他们都进去后，我说。

“是，先生，”埃迪说。

“我去把另外一些人带来，”辛先生说。

“行，”我跟他说。

我把那艘乘着他们两人的小船推开去；那个年轻人带着他开始划去。

“听着，”我跟埃迪说。“你别碰那个酒瓶了。现在，你的胆子够大了。”

“是，头儿，”埃迪说。

“你怎么啦？”

“我喜欢干这件事儿，”埃迪说。“你说你只要用你的大拇指往后一扳？”

“你这讨厌的酒鬼，”我跟他说。“把瓶递给我来一口。”

“瓶里空了，”埃迪说。“对不起，头儿。”

“听着。你现在得干的是，他给我钱的时候，注意看着，把船往前开。”

“是，头儿，”埃迪说。

我伸出手去，拿起另一瓶酒，取出螺丝起子，拔出软木瓶塞。我喝了一大口，走回到船尾去，盖紧瓶塞，把酒瓶放在两个盛满水的大水罐后面；水罐裹在柳条套子里。

“辛先生来了，”我跟埃迪说。

“是，先生，”埃迪说。

那艘船出现了，在向我们划来。

他把船划到我的船尾；我让他们抓住船尾，把船稳住。辛先生抓住一块滑板，那是我们装在船尾，用来把大鱼运上船的。

“让他们上船，”我说，“一个一个上。”

又有六个各种各样的中国佬登上船，来到船尾上。

“打开船舱，带他们往前走，”我跟埃迪说。

“是，先生，”埃迪说。

“锁上船舱。”

“是，先生。”

我看到他在舵轮前了。

“好啦，辛先生，”我说。“咱们来瞧瞧其余的钱吧。”

他把手伸进衣袋，把钱向我递过来。我伸手去接，一把抓紧他的手腕，那只拿着钱的手的手腕；他在船尾上向前走的时候，我用另一只手狠狠掐住他的脖子。我感到船突然一震，排挡推上了，接着螺旋桨转动起来了，我在忙着对付辛先生，可是我可以看到那个古巴人站在那艘小船的船尾上，手里握着在划船的桨，这时候，辛先生一直在蹦跶和乱晃，在他的挣扎中，我们跟小船的距离拉开了。他蹦跶和乱晃得比任何给手钩钩住的海豚更凶哩。

我把他的胳膊扭到他的背后去，狠狠地扭，可是我的劲使过头了，因为我感到它折断了。胳膊折断那会儿，他发出一声低低的、古怪的喊叫，向前扑来；我一把掐住他的脖子，使出浑身力气；他咬住我的肩膀。不过，我感觉到那条胳膊折断的时候，就把它放开了。它对他没有一点儿用处了；我用两只手掐住他的脖子；老兄啊，那位辛先生就会像一条鱼那样蹦跶开了，没错儿，他那条松了的胳膊像连枷那样挥动着。不过，我把他往前按，让他跪下，两个大拇指狠狠地压进他的嘴巴后面，我把他的整个喉管向后弯，直到它啪的折断为止。可别以为你不可能听到它啪的折断的声音啊。

我一动也不动地抓着他很短一会儿，然后我把他横放在船尾上。他躺在那儿，脸向上，一动也不动，穿着讲究的衣服，两只脚伸在驾驶舱内；我从他身旁走开。

我从驾驶舱的地上拾起钱，开亮罗经柜上的灯，点数。接着，我掌管起舵轮，吩咐埃迪到船尾下去找几块铁，我们在小片礁石底区域或者岩石底区域的水面上钓海底鱼的时候，你不愿冒锚泊的危险，我就常用那些铁块代替锚。

“我什么也找不到，”他说。他是怕到下面那儿去，被辛先生吓慌了。

“掌管舵轮，”我说。“一直往外开。”

我听到下面有一些不断在移动的声音，可是这吓不了我。

我找到了两块我要的铁，那是从托尔图加斯废弃的运煤码头上拾来的；接着我取了一些钓笛鲷的钓索，把两块着实大的铁牢牢地扎在辛先生的两个脚踝子上。后来，我们离岸约摸两英里光景的时候，我把他一路滑过去。他顺顺溜溜地从滑板上滑下去。我甚至没有查看他的衣袋。我并不想胡乱摆弄他。

他的鼻子和嘴里淌出了一点儿血，滴在船尾上；我拿了一个桶去舀水，由于我们的船开得快，我差一点没掉下海去；我从船尾下取出一把硬毛刷把船擦得干干净净。

“放慢船速，”我跟埃迪说。

“他要是漂起来的话，会怎么样？”埃迪说。

“我把他扔进约摸七百英寻[①]深的水中。”我说。“他会一直沉下去。这是个长距离，老兄。在他的尸体胀气把他浮起来以前，是不会漂流的，再说他会一直在随着潮流移动，引诱鱼儿来吃，”我说，“你用不着为辛先生担心。”

“你干吗要收拾他？”埃迪问我。

“没什么事儿，”我说。“我遇到过的人当中，他是最容易打交道的了。我一直在想，一定有什么地方不对头。”

“那你干吗杀了他？”

---

① 英寻（fathom）：长度单位。1英寻合6英尺。此处原文确是700英寻，可能是作者笔误。

"免得去杀另外十二个中国佬，"我跟他说。

"哈里，"他说，"你得给我来一口，因为我觉得肚子里的东西在往上冒。看到他的脑袋那么耷拉着，叫我直想吐。"

我就给他喝了一口。

"那些中国佬怎么办？"埃迪说。

"我要尽快地把他们放出来，"我跟他说。"免得他们在船舱内留下味儿。"

"你要把他们送到哪儿去？"

"咱们眼下就把他们运到能上岸的地方去，"我跟他说。

"现在就开进去？"

"那还用说，"我说。"慢腾腾地开进去。"

我们把船在礁石上面慢腾腾地开进去，开到我可以看到海滩上显出亮光的地方。礁石上有大片海水；再往里，都是沙底，接着是一个又一个斜坡，一直到里面岸边。

"到前面去，告诉我水深。"

他用一根鱼叉杆不断地在测水深，用鱼叉杆招呼我往前开。他走回来，做手势要我停住。我把船倒了倒。

"有五英尺水深。"

"咱们得抛锚了，"我说。"要是出什么事情，咱们没有时间起锚的话，咱们可以砍断或者绷断锚缆。"

埃迪放出缆索，等到最后船不拉锚的时候，他才把锚固定住。船就掉头，船尾对着岸了。

"这儿是沙底，你知道，"他说。

"咱们船尾的水有多深？"

"不超过五英尺。"

"你拿着那支温切斯特牌连发步枪，"我说。"要小心。"

“让我来一口，”他说。他神经非常紧张。

我给他喝了一口，取出那支滑机操作的连发枪。我打开船舱锁，开了门，说：“出来吧。”

没发生什么事儿。

接着，一个中国佬探出头来，看到埃迪站在那儿，拿着步枪，又缩了回去。

“出来吧。没有人会伤害你们的，”我说。

没有什么举动。只听到说了许多中国话。

“出来，你们！”埃迪说。我的上帝，我知道他已经喝过那一瓶了。

“把那个酒瓶放好，”我跟他说，“要不，我会把你崩下船去。”

“出来，”我跟他们说，“要不，我就要向你们开枪啦。”

我看到他们当中有个人在门角落里张望；显然，他看到了岸，因为他开始咭咭呱呱地说起话来。

“出来，”我说。“要不，我就要开枪啦。”

他们出来了。

嘿，且听我说，哪怕是一个心狠手辣的人，要下毒手干掉像这样一伙中国人也着实不容易，而且我愿意打赌，何况还有很多麻烦哩，且不说闹得吃不了兜着走吧。

他们走出来了；个个都吓慌了；他们没有一支枪，可是他们有十二个嘛。我一直退到船尾，拿着滑机操作的连发枪。“下船去，”我说。“水不会淹没你们的脑袋的。”

没有人移动。

“你们去啊。”

没有人移动。

"你们这伙黄皮肤、吃耗子的外国人，"埃迪说，"下船去。"

"闭上你这张满嘴酒气的臭嘴，"我跟他说。

"不会游泳，"一个中国佬说。

"用不着会游泳，"我说。"水不深。"

"走啊，下船去，"埃迪说。

"到这儿船尾来，"我说。"你一只手拿枪，另一只手拿你的鱼叉杆；测给他们看，水有多深。"

他测给他们看，提起湿淋淋的鱼叉杆。

"用不着游泳？"那个人问我。

"不用。"

"真的？"

"没错儿。"

"咱们在哪儿？"

"古巴。"

"你这该死的骗子，"他说，接着跨过船舷，悬在船外，把手一松。他的脑袋没入水中，可是他升上来，下巴从水里露出。"该死的骗子，"他说。"该死的骗子。"

他气疯了，胆子很大。他用中国话说了几句；另外的人开始纷纷从船尾跳进水中。

"行了，"我跟埃迪说。"起锚。"

我们向外面海上开去的时候，月亮开始升起来了；你可以看到，那伙中国佬向海岸走去，只有脑袋露出水面，还有海滩上的亮光和后面的灌木丛。

我们经过礁石区开出去；我回头看过一回，看到海滩和群山在渐渐呈现；接着，我把船开上向基韦斯特去的航线。

"行了，你可以去睡一觉了，"我跟埃迪说。"不，等一下，下去把舷窗都打开，放掉臭气，给我把碘酒拿来。”

“怎么啦?”他拿碘酒来的时候，说。

“我弄破了手指头。”

“你要我管舵轮吗?”

“去睡觉，”我说。“我会叫醒你的。”

他躺在驾驶舱里油柜上面固定了的铺位上，没一会儿，就睡着了。

第五章

我用膝盖控制舵轮，解开衬衫，看辛先生咬我的地方。咬得着实不轻；我把碘酒抹在伤口上；然后，我坐在那儿掌舵，拿不准给一个中国人咬了一口是不是会中毒，听着船航行良好、顺利的节奏声和海水一路拍船的声音；接着我想，活见鬼，不会的，咬一口不会中毒的。一个像辛先生那样的人可能一天要刷两、三回牙哩。并不精明的辛先生。他当然不是个好买卖人。也许他是。也许他只是信任我罢了。我告诉你，我确实想不透他是怎样一个人。

得了，现在一切都简单了，除了还有个埃迪。因为他是个酒鬼，只要他喝得头脑一发热，他就会捅出来的。我坐在那儿掌管着舵轮；我望着他，接着我想，这该死的，他这副模样跟死人有什么不一样，那么我岂不是一丁点儿痕迹都没有留下了吗。我发现他在船上的那会儿，就拿定主意，我非干掉他不可，可是，后来，样样事情都办得那么顺当，我就硬不起心下手了。可是，看他躺在那儿，当然是一种引诱。可是，后来，我认为，干一件你以后会感到心里难受的事情，破坏这个美好的结局，是没有道理的。接着我开始想到，船员名单上甚至没有他这个人，我把他带进去得付一笔罚款，而且我不知道拿他怎么办。

得了，我有很多时间来思考；我让船一直开在正确的航线上；每隔一会儿，我拿起他带上船来的那瓶酒喝上一口。瓶里酒不多了；等我喝完那瓶后，我打开了我剩下的最后一瓶；我告诉你，我真的感到掌管舵轮挺开心，而且这是一个美好的横渡海湾的夜晚。

结果，这确实是一次美好的航行，尽管有好多回，看来情况很糟糕。

天亮以后，埃迪醒了。他说，他感到不好受。

“掌管一会儿舵轮，”我跟他说。“我要去瞧瞧。”

我回到船尾，在船上泼了一点儿水。可是船上干干净净。我用刷子擦洗船边。我从两支长枪里退出子弹，把它们藏到下面去。可是我仍然把手枪佩在皮带上。下面船舱里，就像你想要的那样，空气新鲜、清爽，一点味儿也没有。有一点儿水从右边舷窗外溅进来，溅到了一个铺位上；除此以外，没有什么可挑剔的了；所以我关上所有的舷窗。现在，世界上没有一个海关人员能在船舱中闻得出中国佬的味儿了。

我看到装在镜框里的航行证下面放在挂着的网袋里的结关证件，那是我在上船后塞在里面的；我把结关证件取出来，仔细看了一遍。接着，我到上面的驾驶舱去。

“听着，”我说。“你怎么把你的名字写上船员名单的？”

“那个代理人到领事馆去的时候，我碰到了他，就跟他说，我在赶着上船去。”

“上帝照顾酒鬼，”我跟他说，接着我取下那把 0.38 英寸口径的手枪，藏到下面去。

我在下面煮了一些咖啡，然后到上面来掌管舵轮。

“下面有咖啡，”我跟他说。

“老兄，咖啡对我不会有一点儿用处。”你知道你不得不为他难受。不用说，他脸色难看。

约摸九点光景，我们看到桑德礁上的灯塔几乎就在正前方了。已经有好一会儿，我们看到油船纷纷向海湾上游开去。

“从现在起，两个钟头后，咱们就入境了，”我跟他说。“我会一天付给你四块，就跟约翰逊付给你的一个样。”

“你昨宿弄到了多少？”他问我。

“只有六百块，”我跟他说。

我不知道他是不是相信我的话。

“难道那里边没有我的份儿吗？”

“这就是你的份儿，”我跟他说。“我刚跟你说过了嘛；你只要哪一天开口说出昨宿的事儿，我会听到的，那我就会干掉你。”

“你知道，我不是告密的人，哈里。”

“你是个酒鬼。不过，不管你给朗姆酒醉到什么程度，只要你说出那件事儿，我决不会说话不算数的。”

“我是个好人，”他说。“你不应该这么跟我说话。”

“别人没法老是那么麻利地管住你，让你一直做好人，”我跟他说。不过，我不再不放心他了，因为谁会相信他的话呢？辛先生不可能去控诉了。那伙中国佬不会去的。你知道，那个划他们出海的小伙子也不会。他不会给自己去惹麻烦的。也许埃迪早晚会声张出去，可是谁相信一个酒鬼的话呢？

嘿，有谁能证明什么吗？本来人们看到了他的名字在船员名单上以后，那自然会引起更多的闲话的。我的运气确实好。我可以推说他从船上掉下海去了，可是那会引起很多闲话的。埃迪的运气也很好。确实很好。

接着，我们来到湾流边上；海水不再是蓝色，变得发亮而泛绿色；向里面看，我可以看到东干礁和西干礁上的一排排栅栏桩，还有基韦斯特上的一根根天线杆、高出所有矮房子的海螺壳旅馆和在人们烧垃圾的地方冒起的滚滚浓烟。桑德礁灯塔现在很近了；你可以看到灯塔旁的那所停游船的棚屋和那个小码头；我知道，我们现在只有四十分钟路程了；我为回来感到高兴；我现在有很多钱过夏天了。

“来一口怎么样，埃迪？”我跟他说。

“啊，哈里，”他说，“我一直知道，你是我的哥儿们。”

那天夜晚，我坐在起居室里抽雪茄，喝兑水的威士忌，听收音机里播放格雷西 · 艾伦[1]唱的歌。女儿们去看电影了；坐在那儿，我觉得瞌睡迷糊；我感到心情高兴。有人在前门前；玛丽，我的妻子，从她坐着的位子站起身来，去开门。她回来，说：“是那个酒鬼，埃迪 · 马歇尔。他说，他得见你。”

“告诉他滚出去，免得我把他撵走，”我跟她说。

她回进来，坐下；我搁起着脚，从我坐着的地方的窗子里望出去，可以看到埃迪跟他带来的一个酒鬼一起在弧光灯光下沿路走去，他们两人摇摇晃晃地走着，而弧光灯光映出的他们两人的影子摇晃得更厉害。

“可怜的、该死的酒鬼，”玛丽说。“我可怜一个酒鬼。”

“他是个走运的酒鬼。”

“不可能有什么走运的酒鬼，”玛丽说。“这你知道，哈里。”

“对，”我说。“我想，是没有。”

---

① 格雷西 · 艾伦(Gracie Allen，1902—1964)：滑稽演员。父母都是杂耍演员。她童年即登台演出，1922 年遇见乔治 · 彭斯。两人组成彭斯和艾伦喜剧班子。1929 年两人结婚，在杂耍、电影、电台和电视剧中红极一时。

第二部　哈里·摩根(秋)

第六章

他们在夜晚横渡海湾；刮着很大的西北风。太阳升起后，他看到一艘油船向海湾下游开来；船屹立着，在寒风中，阳光照在船体上，它是那么高、那么白，看来好像是正在从海中冒出来的高耸的建筑物；他跟那个黑人说："咱们到底在哪儿？"

那个黑人直起身来看。

"没有一点儿地方像迈阿密[①]一带。"

"你知道得完全清楚，咱们不该开到迈阿密来，"他跟那个黑人说。

"我要说的只是，在佛罗里达州的那些礁石岛上，没有那样的建筑物。"

"咱们一直在往桑德礁开去。"

"那咱们一定会看得见的。桑德礁，要不，就是那些美国浅滩。"

后来，稍微过了一会儿，他看到那是一艘油船，而不是一些建筑物；后来，不到一个钟头，他看到了桑德礁灯塔，笔直、细长、棕色，屹立海面上它应该在的地方。

"你应该有掌管舵轮的信心，"他跟那个黑人说。

"我原来倒有信心，"那个黑人说。"可是这回航行落到这个模样，我不再有信心了。"

"你的腿怎么样了？"

"它一直在痛。"

"这不要紧，"那个人说。"你只要保持伤口干净，一直包扎得好好的，它自己会好起来的。"

这会儿，他掌管着舵轮向西开，要开到女人礁旁的红树[②]丛里去，把船隐藏在里面，躲过白天；他在那儿不会碰到什么人；那艘约定好的船会来那儿接他们的。

"你会好的，"他跟那个黑人说。

"我不知道，"那个黑人说。"我痛得厉害。"

"咱们到了那地方以后，我会把你安顿好的，"他跟他说。"你受的枪伤不重。别担心。"

"我中了枪子儿，"他说。"我以前从来没有中过枪子儿。不管怎样，我中了枪子儿，真受不了。"

"你只是害怕罢了。"

"不，先生。我中了枪子儿。而且我痛得厉害。我一直在抽痛，痛了整整一宿。"

那个黑人老是这样没有完了地抱怨；他还忍不住解掉绷带，看那个伤口。

"别碰它，"那个在掌管舵轮的人跟他说。那个黑人躺在驾驶舱的地板上；到处堆着一麻袋一麻袋的烈酒，形状像火腿。他给自己在那些酒中间腾出一个地方躺下。每一回他挪动身子，一个个麻袋里就传出破玻璃瓶的响声和洒出来的酒散发的气味。酒淌在样样东西上。那个人在把船向女人礁开进去。他现在可以清清楚楚地看到它了。

---

① 迈阿密(Miami)：美国佛罗里达州东南部港市，位于基韦斯特东北部。在古巴和基韦斯特间往返，毋用经过迈阿密。

② 红树(mangrove)：一种生长在沿海的植物。热带美洲的大西洋海岸及墨西哥湾至美国佛罗里达州礁石群周围多有生长。又名美国红树。

"我痛，"那个黑人说。"我一直越来越痛。"

"我感到难受，韦斯利，"那个人说。"可是我得掌管舵轮。"

"你待一个人就像待一条狗，"那个黑人说。这会儿，他发脾气了。可是，那个人仍然为他感到难受。

"我会让你舒服的，韦斯利，"他说。"你现在一动也不动地躺着吧。"

"你对别人遭到的痛苦一点不关心，"那个黑人说。"你简直不像人。"

"我会把你安顿好的，"那个人说。"你只要一动不动地躺着就行了。"

"你不会把我安顿好的，"那个黑人说。那个人，他叫哈里·摩根，这时一声不吭，因为他喜欢那个黑人，可是现在除了揍他以外，没有别的办法，可是他不能揍他。那个黑人说个没完。

"他们开始开枪的时候，咱们干吗不停船？"

那个人不回答。

"一个人的性命不是比一船酒更值钱吗？"

那个人一心一意地掌管着舵轮。

"咱们不得不干的是停住船，让他们拿走酒。"

"不行，"那个人说。"他们会拿走酒，还有船，你还要去蹲监牢哩。"

"我不在乎蹲监牢，"那个黑人说。"可是，我从来没有想要挨枪子儿。"

这会儿，他说个没完没了，惹得那个人心烦起来；那个人听他不断地唠叨，听得腻烦了。

"到底谁受的枪伤更重？"他问他。"你，还是我？"

"你的枪伤更重，"那个黑人说。"不过，我以前没有挨过枪子儿嘛。我没有想到过会挨枪子儿。我不是给雇来挨枪子儿的。我不想要挨枪子儿。”

“别发火，韦斯利，”那个人跟他说。“这样说话，对你一点儿好处都没有。”

他们这会儿在靠近这片礁石了。他们的船已经进入浅滩；他把船开进航道的时候，由于水面上映着阳光，什么都很难看清楚。那个黑人越来越迷迷糊糊，要不，就是因为他在痛，所以对宗教虔诚了，在祈祷。不管怎样，他一直在说个没完。

“人们现在干吗还贩运烈酒？”他说。“禁酒时期已经过去了。人们干吗还要继续用这种方式干买卖？他们干吗不用渡船把酒运进来？”

那个在掌管轮舵的人仔细地注视着航道。

“人们干吗不老老实实、正正派派，过老实、正派的日子呢？”

那个人甚至被阳光映照得看不见海岸的时候，也看着海岸外海水在柔和地荡漾的地方；他让船拐弯。他用一只手旋转舵轮，掉转了船头，接着航道展现出来了；他把船慢腾腾地径直开到红树丛边上。他倒了倒船，分开两个离合器。

“我能放一个锚下去，”他说。“可是我没法把锚取上来。”

“我甚至一动也动不了啦，”那个黑人说。

“你的身体当然糟极了，”那个人跟他说。

他花了一段时间，好不容易才拿出那个小锚，把它举起来，扔进水去，可是总算干成了，他拉出了许多绳索；船擦着红树丛转进去，所以那些树枝都径直伸进驾驶舱。他想，驾驶舱里会变成多么狼狈的景象，没错儿。

自从他包扎了那个黑人的伤口和那个黑人用绷带包扎了他的胳

膊以后，整整一宿，他一直在注视着罗经，掌管舵轮；天亮以后，他看到那个黑人躺在驾驶舱中央，一个个麻袋中间，可是那会儿，他注视着海面和罗经，在寻找桑德礁上的灯塔；他从来没有仔细观察过周围的情况。情况着实糟啊。

那个黑人躺在那批装在麻袋里的烈酒中间，两条腿搁起着。舵轮被子弹穿透，出现八个很大的弹孔。挡风玻璃碎了。他不知道，多少货给砸烂了；哪儿黑人的血没有淌到的地方，哪儿淌的就是他，他自己的血。不过，最糟的是，他眼下认为最糟的是，酒的气味。样样东西都泡在酒里了。这会儿，船一动也不动地停在红树丛旁，可是他仍然没法摆脱他们在海湾里过了整整一宿后才产生的大海在波浪起伏的感觉。

“我去煮点咖啡，”他跟那个黑人说。“然后，我会再来照料你的。”

“我不要咖啡。”

“我要，”那个人跟他说。可是走下去以后，他开始感到头晕，所以他又回到甲板上来了。

“我想咱们喝不成咖啡了，”他说。

“我要喝点水。”

“行。”

他从一个小口大玻璃瓶里倒了一杯水，递给那个黑人。

“他们开始开枪的时候，你干吗不停地逃呢？”

“他们干吗要开枪？”那个人回答。

“我要个医生，”那个黑人跟他说。

“一个医生会为你干的，我还有什么没有干呢？”

“医生会治好我。”

“今夜，船来以后，你会有医生的。”

“我不想没有船干等。”

“好吧，”那个人说。“咱们现在来把酒扔掉。”

他开始扔掉酒；这活儿用一只手干可挺费劲儿。一麻袋酒只有四十磅重，可是他没有扔了多少，又开始头晕了。他坐在驾驶舱里，后来，躺下了。

“你会断送你自己的性命的，”那个黑人说。

那个人一动也不动地躺在驾驶舱里，脑袋靠着一个麻袋。红树丛的枝条伸进驾驶舱来，在他躺着的地方投下阴影。他能听到红树丛上掠过的风声，向外望去，看到一朵朵给强北风吹薄的白云。

“刮着这种风，没有人会出来的，”他想。“已经刮起了这种风，他们不会来找我们的。”

“你认为他们会出来吗？”那个黑人问。

“那还用说。”那个人说。“干吗不会？”

“风刮得太紧了。”

“他们在找我们。”

“在这样的天气下，不会找的。你干吗要跟我撒谎呢？”那个黑人说话的时候，嘴几乎贴在一个麻袋上了。

“别发火嘛，韦斯利，”那个人跟他说。

“别发火嘛，头儿说得倒好听，”那个黑人接着说。“别发火嘛。别发什么火呀？像狗一样心平气和地死去吗？是你把我弄到这儿来的。把我弄出去。”

“别发火嘛，”那个人温和地说。

“他们不会来的，”那个黑人说。“我知道他们不会来的。我冷，我告诉你。这样又痛、又冷，我可受不了，我告诉你。”

那个人坐起来，感到心里空洞洞，坐不稳。那个黑人的一双眼睛盯着他看，看他用一个膝盖撑起身子，他的右胳膊垂着，他用左手握着右手，放在两个膝盖中间，然后拉住钉在甲板边缘上面的木板把他自己拉起来，直到他站起身来，向下看，看着那个黑人，他的右手仍然夹在大腿中间。他在想，他以前从来没有感到过什么叫痛。

“我要是干脆不去管它，把它抽出来的话，它就不会痛得那么厉害了，”他说。

“让我用挂带把它挂起来，”那个黑人说。

“我的胳膊肘没法弯，”那个人说。“它就那样僵硬了。”

“咱们要干些什么？”

“扔掉这些酒，”那个人跟他说。“你不能把那些你够得着的麻袋扔进海去吗，韦斯利？”

那个黑人试着挪动身子，去拉一个麻袋，接着呻吟一声，躺了回去。

“你痛得那么厉害吗，韦斯利？”

“啊，上帝，”那个黑人说。

“你难道没有想过，你只要动动，就不会痛得那么厉害了？”

“我挨了枪子儿，”那个黑人说。“我动不了。我挨了枪子儿，头儿还要我扔掉酒。”

“别发火。”

“你再说一遍这话，我简直要发疯了。”

“别发火，”那个人心平气和地说。

那个黑人大吼一声，两只手在甲板上来回乱摸，接着从舱口围板底下拿起一块油石。

“我要宰了你，”他说。“我要把你的心挖出来。”

“用油石可不行，”那个人说。“别发火，韦斯利。”

那个黑人把脸贴在一个麻袋上，抽抽搭搭地哭起来。那个人继续举起一麻袋、一麻袋的烈酒从船边上扔到海里去。

第七章

他在扔掉烈酒的时候，听到了发动机的声音，望过去，看到一艘船在礁石尽头附近从航道上向他们开来。那是一艘白色的船，上面有一个暗黄色的舱房和一片挡风玻璃。

“船来了，”他说。“快干啊，韦斯利。”

“我不行。”

“从现在起，我会记住的，”那个人说。“在这以前，情况可不一样。”

“行啊，记吧，”那个黑人跟他说，“我也什么都不会忘的。”

这会儿，活儿干得快了，汗水从那个人的脸上直淌下来，他不停地望着那艘船在航道上慢腾腾地径直开来，用他那只好手提起盛在一个个麻袋里的烈酒，从船边上扔进海去。

“翻身，”他伸手拿起那个黑人的脑袋底下的那一袋，胳膊一转，从船边上把它扔进海去。那个黑人坐起来了。

“他们来了，”他说。那艘船几乎对着他们的船的一侧。

“是威利船长，”那个黑人说。“还带着游客哩。”

在白船的船尾，两个穿法兰绒衣服、戴白布帽的男人，坐在钓鱼座位上，在拖钓；一个戴毡帽、穿防风夹克衫的老人握着舵柄，把船紧挨着那片停靠着运酒船的红树丛旁开过。

“你好吗，哈里？”那个老人经过的时候，嚷着说。那个叫哈里的摇摇他那条没有受伤的胳膊，算是回答。那艘船继续开过去；那两个在钓鱼的人望着那艘运酒的船，接着跟那个老人说话。哈里听不见他们在说些什么。

“他会在航道出口的地方掉转船头回来，”哈里跟那个黑人说。他下舱去，拿了一条毯子回来。“让我把你盖起来。”

“你把我盖起来的时候是该快到了。他们免不了会看到这些酒的。咱们还能干些什么呢？”

“威利是个好人，”那个人说。“他会告诉城里的人，咱们在海上这儿。那两个钓鱼的人不会打搅咱们的。咱们有什么可以引起他们的关心呢？”

他这会儿觉得摇摇晃晃，站都站不稳，就坐到掌管舵轮的座位上，用两条大腿紧紧地夹住右胳膊。他的两个膝盖直打哆嗦；随着一阵阵哆嗦，他能感觉到他的上胳膊里面的碎骨头在摩擦。他分开两个膝盖，把那条胳膊挪出来，然后让胳膊耷拉在他身旁。他坐在那儿，他那条胳膊耷拉着，这时候，那艘船沿着航道开回来，经过他们。那两个坐在钓鱼座位上的人在说话。他们收起了钓竿；其中一个拿着一具望远镜在望他们。他们离得太远了，他听不见他们在说些什么。哪怕他听到了，对他也没有用嘛。

出租的钓鱼船“南佛罗里达”号开在女人礁航道上，让那两人曳绳钓，因为风浪太大了，没法开到外面那座礁石那儿去钓鱼；威利·亚当斯在船上想，原来哈里昨宿横渡海湾去了。这小子胆子可真大。他一定挨到了彻头彻尾的攻击。船倒确实是一艘海船。你想想看，他的挡风玻璃是怎么砸烂的？我再怎么也不会在昨宿那样的黑夜里渡海。我再怎么也不会从古巴去运酒进来。现在，他们全都是从马里埃尔[①]把酒运进来的。那儿没有人管，完全开放。“你说什么来着，老板？”

① 马里埃尔(Mariel)：古巴比那尔德里奥省一城市。

“那是艘什么船？”其中一个坐在钓鱼座位上的人问。

“那艘船吗？”

“是啊，那艘船。”

“啊，那是艘基韦斯特的船。”

“我的意思是说，那是谁的船？”

“我怕不知道，老板。”

“船主是个捕鱼的吗？”

“呃，有些人说他是的。”

“你这话是什么意思？”

“他样样都干一点儿。”

“你不知道他的名字？”

“不知道，先生。”

“你刚才管他叫哈里来着。”

“我没有叫。”

“我刚才听到你管他叫哈里。”

威利·亚当斯船长仔仔细细地盯着那个跟他说话的人看。他看到一张高颧骨、薄嘴唇、肤色红彤彤的脸，长着一双洼得很深的灰眼睛，在帆布帽底下望着他，嘴角上流露出轻蔑的神情。

“我那么叫他，一定叫错了，”威利船长说。

“你能看出那个人受伤了，博士，”另一个说，把望远镜递给他的伙伴。

“这我不用望远镜也能看到，”那个被称为博士的人说。“那人是谁？”

“我怕不知道，”威利船长说。

“得了，你会知道的，”那个嘴角上流露出轻蔑的神情的人说。“记下船头上的号码。”

“我记下了，博士。”

“咱们过去看看，”那个博士说。

“你是医生[①]吗？”威利船长问。

“不是医学博士，”那个灰眼睛的人跟他说。

“要是你不是医生的话，我不会开到那儿去的。”

“干吗不开过去？”

“他要是要咱们过去的话，会向咱们发信号的。他要是不要咱们过去的话，咱们就别去管闲事。在这儿，人人都只管他们自己的事儿。”

“好吧，那么你不妨只管你的事儿。把我们送到那艘船上去。”

威利船长继续把船开在航道上，那艘两汽缸的帕默尔船在平稳地噗噗噗地前进。

“你没有听到我的话吗？”

“听到了，先生。”

“你干吗不服从我的命令？”

“你到底以为你是哪号人物？”威利船长问。

“这没关系。按照我跟你说的话办。”

“你以为你是哪号人物？”

“好吧。让你知道了吧，我是当今美国最重要的三个大人物中的一个。”

“那么，你到底在基韦斯特干什么？”

另一个人探出身去。“他是弗雷德里克·哈里森，”他摆出一副郑重其事的姿态说。

“我可从来没有听到过他，”威利船长说。

“得了，你会听到的，”弗雷德里克·哈里森说。“我要是不得

---

① 在英语中，医生和博士是同一个字。

不把这个臭烘烘的偏僻的小城市连根拔的话，这样，这儿人人就都会听到我了。”

“你可真是个好样的，”威利船长说。“你怎么会这么重要的？”

“他是政府里最大的大人物之一，”另一个说。

“胡说，”威利船长说。“他要真是这样一个人的话，那他在基韦斯特干什么？”

“他只是来这儿休息，”那个秘书说明情况。“他将要担任总督——”

“够了，威利斯，”弗雷德里克·哈里森说。“现在你会把我们送到那艘船上去了吧，”他说，微笑着。他这种微笑就是留在这种场合流露的。

“不送，先生。”

“听着，你这个蠢头蠢脑的捕鱼人。我会让你吃足苦头，过不成日子——”

“行，”威利船长说。

“你不知道我是什么人。”

“这我一丁点儿都不在乎，”威利船长说。

“这人是走私烈酒的，是不是？”

“你在想什么啊？”

“说不准有捉拿他的赏格呢。”

“我不信。”

“他是个犯法分子。”

“他有一个家；他得吃饱肚子，和养活一家子。这儿基韦斯特的人们给政府干活儿，一礼拜只挣六块半，你到底还要把谁一口吞下去呢？”

“他受伤了。这就是说，他遭到了麻烦。”

“没准儿是他自己为了闹着玩才开枪打伤自己的。”

“你用不着说这种挖苦话。你开到那艘船边去，咱们要把那个人和那艘船带去扣起来。”

“扣在哪儿？”

“扣在基韦斯特。”

“你是官员吗？”

“我跟你说过，他是什么人，”那个秘书说。

“好吧，”威利船长说。他把舵柄猛的推到另一边，掉转船头，船偏到紧挨航道的一侧，螺旋桨搅起了一团旋转的泥浆。他嘎嚓嘎嚓地在河道上开去，那儿另一艘船停靠在红树丛旁。

“你的船上有枪吗？”弗雷德里克·哈里森问威利船长。

“没有，先生。”

这会儿，那两个穿法兰绒衣服的人站着，望着那艘走私烈酒的船。

“这比钓鱼有趣，呃，博士？”那个秘书说。

“钓鱼是胡闹，”弗雷德里克·哈里森说。“你要是钓到了一条旗鱼的话，你拿它怎么办？你不能吃它。这事儿可真有趣。我很高兴亲眼看到这种事儿。那个人受了伤，他逃不了。海上有风浪。咱们认识他的船。”

“你真的会独自个儿逮住他的，”那个秘书钦佩地说。

“而且没有带武器，”弗雷德里克·哈里森说。

“也没有联邦调查局人员胡乱插手，”那个秘书说。

“埃德加·胡佛[1]夸大了对他的名声的宣传，”弗雷德里克·

① 埃德加·胡佛(John Edgar Hoover，1895—1972)：1924 年至 1972 年任美国联邦调查局局长，臭名昭彰的反共分子，长期受进步舆论谴责。

哈里森说。“我觉得咱们给了他为所欲为的自由。把船并排靠上去，”他跟威利船长说。威利船长分开离合器；船漂流着。

“嗨，”威利船长向另一艘船喊叫。“听着。你们别抬头。”

“怎么回事？”哈里森愤怒地说。

“闭嘴，”威利船长说。“嗨，”他向另一艘船喊叫。“听着。进城去，别着急。别管船了。他们会扣住船的。把你的货扔掉，进城去。我这儿船上有个华盛顿来的人，是个呱呱叫的密探。他说，比总统更重要哩。他要逮捕你。他认为你是走私烈酒的人。他记下了船的号码。我从来没有看到过你，所以我不知道你是谁。我不能确认——”

两艘船漂开了。威利船长继续喊叫：“我不知道我是在什么地方看到你的。我也不知道怎样回到这儿来。”

“行，”走私烈酒的船上传来一声喊叫。

“我送这位呱呱叫的大人物去钓鱼，直到天黑为止，”威利船长大叫。

“行。”

“他喜欢钓鱼，”威利船长大叫，他的嗓子喊嘶哑了。“可是这个蠢货说什么你不能吃鱼。”

“谢谢，老兄，”传来了哈里的声音。

“那家伙是你的兄弟？”弗雷德里克·哈里森问，他的脸很红，可是他爱打听的心情仍然没有平息。

“不是，先生，”威利船长说。“大多数在船上的人都兄弟称呼。”

“咱们去基韦斯特吧，”弗雷德里克·哈里森说；不过，他的语气不大有把握了。

“不，先生，”威利船长说。“你们两位先生租了我一天的船。

我要让你的钱花得值。尽管你说我是个蠢头蠢脑的人，可我要让你坐上整整一天。”

“把我们送到基韦斯特去，”哈里森说。

“是，先生，”威利船长说。“过些时候准送。不过，听着，旗鱼可跟无鳔黄鱼一样好吃。我们经常把那种鱼卖到里奥斯去，供应哈瓦那的市场，我们卖一毛钱一磅，价钱跟无鳔黄鱼一样。”

“啊，闭嘴，”弗雷德里克·哈里森说。

“你是个政府工作人员嘛，我原以为你对这些东西感兴趣呢。你是不是跟我们吃的东西的价钱，或者这类事儿有牵连？不是这样吧？把吃的东西的价钱，或者别的什么的价钱抬得更贵？把粗燕麦粉的价钱抬高，把熏咸肉的价钱压低吧？”

“啊，闭嘴，”哈里森说。

第八章

哈里在走私烈酒的船上把最后一个麻袋扔进水去。

“把鱼刀给我，”他跟那个黑人说。

“刀丢了。”

哈里按了自动起动器，发动了两台发动机。大萧条时期①使出租钓鱼船这个行当变得一塌糊涂，他又干起了走私运烈酒买卖，就在船上安装了第二台发动机。他取出斧头，用左手斫断绕在系缆桩上的锚缆。酒会沉下去的；不过，他们要是找到了这批货的话，会用抓钩捞起来的，他想。我要把船开进要塞湾②去；他们要是要扣船的话，那是绝不会放过的。我得去找个医生。我不要既丢掉了船，又丢掉胳膊。那批货的价钱跟那艘船的一样多。没有砸烂多少。稍微砸烂一点儿，气味就很冲嘛。

他推上左边的离合器，随着潮水把船从红树丛旁转出去。两台发动机平稳地运转着。威利船长的船这时候在两英里外，向大博卡开去。我想现在潮水涨得够高了，可以穿过那些湖了，哈里想。

他推上右边的离合器；他推动油门杆，两台发动机轰鸣起来了。他可以感觉到船头在升高；船把红树丛的根旁的水吸掉的时候，绿色的红树丛迅速地在船旁滑过。我希望他们别扣船，他想。我希望他们能接好我的胳膊。我们公开地在马里埃尔来来往往跑了六个月以后，我怎么会知道他们居然会在那儿向我们开枪了。古巴人就是这个样子。有人不给另一个人钱，所以我们就挨了枪子儿。古巴人就是这个样子，没错儿。

“嗨，威斯利，”他说，回头向驾驶舱望去；那个黑人躺在那儿，身上盖着毯子。“你觉得怎样？”

“上帝，”威斯利说。“我觉得不能再糟了。”

“那个老医生检查伤口的时候，你会觉得更糟的，”哈里跟他说。

“你不是人，”那个黑人说。“你没有一点儿人心。”

那个老威利是个好样的，哈里在想。那个老威利数得上是个好样的。咱们进城去比等着好。等是干蠢事。我的头晕得好厉害，人又难受得很，我变得没有主见了。

这会儿，他可以看到前面海螺壳旅馆的雪白的建筑物，一根根无线电天线杆，和城里的一幢幢房子。他可以看到停在特朗博码头上的一艘艘汽车渡轮；他要绕过码头，到要塞湾去。那个老威利，他想。他刚才一直在数落他们。不知道那两个仗势欺人的家伙是谁。我现在觉得糟透了，实在挺不住了。我头晕得厉害。进城去，咱们是干对了。不等，咱们是干对了。

“哈里先生，”那个黑人说。“我没能帮助扔掉那批货，感到抱歉。”

“去他的，”哈里说，“没有一个黑人挨了枪子儿，还能干什么活儿的。你是个挺不错的黑人，威斯利。”

他感到，有一个声音盖过发动机的轰鸣声和船在水中冲刺的很响的噗噗噗的声音，那是在他心中响起的一种奇怪的、空洞的响声。他每次出门回来，总是有这样的感觉。我希望他们能接好我那条胳膊，他想。我那条胳膊还大有用处哩。

---

① 指1929年起至20世纪30年代初的世界经济大萧条。
② 卫戍要塞所在的海湾。

第三部　哈里·摩根（冬）

第九章　艾伯特说

我们都在弗雷迪酒馆里面；这个又高又瘦的律师进来说：“胡安在哪儿？”

“他还没有回来，”有人说。

“我知道他回来了；我得见他。”

“那还用说，你把他的消息透露给他们，使他受到控告，现在你可要为他辩护了，”哈里说。“你别上这儿来问他在哪儿吧。他也许已经完全听凭你摆布了。”

“你胡扯些什么呀，”那个律师说。“我给他找了个活儿。”

“那好，到别处去找他，”哈里说，“他不在这儿。”

“我给他找了个活儿，确实是这样，”那个律师说。

“你给谁都找不到活儿。你这人头顶生疮，脚底化脓，叫人恶心。”

就在这时候，那个长长的灰头发披在衣领后面的老人进来了，他是卖避孕用具的；他来买四分之一品脱朗姆酒；弗雷迪倒给了他；他塞上瓶塞，带着瓶子急匆匆地走回到街对面去。

“你的胳膊怎么了？”那个律师问哈里。哈里把一个衣袖别在肩膀上。

“我不喜欢它的模样，所以我把它斫掉了，”哈里跟他说。

“你，还有哪一个一起把它斫掉了？”

“我跟一个医生一起斫掉了它，”哈里说。他一直在喝酒，也一直在挖苦那人的话。“我一动也不动；他把它斫掉了。要是人们因为有人把手伸进别人的衣袋而斫掉它们的话，那么你早已既没有手，也没有脚了。”

“到底出了什么事儿，他们非把它斫掉不可呢？”那个律师问他。

“别钉着问，”哈里跟他说。

“不行，我是在问你。出了什么事儿，你到哪儿去过？”

“去跟别人胡搅蛮缠吧，”哈里跟他说。“你知道我到哪儿去过；你也知道出了什么事儿。闭上你的嘴；别跟我胡搅蛮缠。”

“我要跟你说话，”那个律师跟他说。

“那就跟我说吧。”

“不，到后面去。”

“我不要跟你说话。你从来不会有什么好事情的。你叫人恶心。”

“我有事情找你。是件好事儿。”

“好吧。我就听你一回，”哈里跟他说。“是什么事儿？胡安的？”

“不是。不是胡安的。”

他们走到酒吧柜弯曲处的后面，那儿有一个个小房间；他们去了好一阵子。他们走开的时候，大露西的女儿跟那个从她老是在那儿转悠的馆子来的姑娘一起走进来；她们坐在酒吧柜前，喝可口可乐。

“人们告诉我，他们将不让姑娘们在夜晚六点钟以后到街上去，也不让姑娘们进哪一家酒馆，”弗雷迪跟大露西的女儿说。

“他们是这么说的。”

“城里会变得糟糕透顶，”弗雷迪说。

“城里变得糟糕透顶，这话说得对。你只是出去买一份三明治和一瓶可口可乐；他们就逮住你，罚你十五块。”

“这就是说，他们眼下要找所有的人的岔子，”大露西的女儿说。“不管哪一种卖笑的女人。不管哪一个有哪种愉快前景的女人。”

“要是这个城里不是很快地出一点儿事情，情况就会变糟了。”

就在这时候，哈里和那个律师回到外面来了；接着那个律师说：“那么，你会到那儿去喽？”

“干吗不带他们上这儿来？”

“不行。他们不想上这儿来。到那儿去。”

“好吧，”哈里说，接着走到吧台前；那个律师继续向外走。

“你要什么酒，阿尔①？”他问我。

“巴卡迪②。”

“给我们来两杯巴卡迪，弗雷迪。”接着，他向我转过身子，说：“你眼下在干什么，阿尔？”

“干救济活儿。”

“干什么？”

“挖下水道。把旧有轨电车铁轨拆掉。”

“你挣多少？”

“七块半③。”

“一礼拜？”

“你还想怎样？”

---

① 阿尔(Al)：艾伯特的昵称。

② 巴卡迪(Bacardi)：一种古巴朗姆酒的牌子。

③ 上文威利说六块半一礼拜，此处艾伯特说七块半一礼拜。译文按原作直译。

“你怎么还上这儿来喝酒？”

“在你请我以前，我可没有喝过。”他稍微向我身旁挨近一点儿。“你想出门一次吗？”

“那得看是什么事儿。”

“咱们再谈。”

“好吧。”

“出来，上车，”他说。“再见，弗雷迪。”他喝得有点酒意以后，透起气来总是比平时稍微快一点儿；我沿着那条路面已经挖开、我们整天在那儿干活儿的街道走过去，直走到他停着汽车的拐角上。“上车，”他说。

“咱们上哪儿去？”我问他。

“我不知道，”他说。“我会弄明白的。”

我们的车在怀特海德街上开着；他一句话不说；到了这条街的头上，他把车向左拐；我们把汽车穿过城市的顶端；来到怀德街，在这条街上一直开到海滩。在这段时间里，哈里始终一句话不说；我们拐到沙路上；在沙路上一直开到林荫大道。在林荫大道上，他把车开到人行道边上，停住车。

“有几个外国人要租我的船出门去一次，”他说。

“海关把你的船扣起来了。”

“那些外国人不知道。”

“出门干什么？”

“他们说他们要把一个非去古巴不可的人送过去干件事儿，那个人既不能坐飞机，也不能乘船入境。蜜蜂嘴告诉我的。”

“他们是干这事儿的吗？”

“没错儿。自从革命以来，一直是这样。听起来没有一点儿问题。许多人是那样走的。”

“船的事情怎么办？”

“咱们不得不去偷那艘船。你知道他们没有把船修好，所以我不能开动它。”

“你怎么把它从附属基地上弄出来呢？”

“我会把它弄出来的。”

“咱们怎么回来？”

“我一定会想出办法来的。你要是不想去的话，尽管说。”

“要是干这事儿有钱的话，我马上就去。”

“听着，”他说，“你眼下一礼拜挣七块半。你有三个孩子在上学，中午得饿肚子。你的一家子人肚子都饿得发痛，而我给你一个机会，挣点儿小钱。”

“你没有说多少钱。你得有钱挣才冒风险呗。”

“眼下，不管什么风险，都挣不了多少钱，阿尔，”他说。“瞧着我。我过去在这个季节里送人出海钓鱼，往往每天要挣三十五块。唉，为了运一批倒霉的烈酒，那批酒最多值我的船的价钱，我挨了枪子儿，还丢掉了一条胳膊，还有我的船。可是，我肯定地跟你说，我的孩子们不会饿得肚子发痛，我也不会拿一份没法养活孩子们的工钱，去给政府挖下水道。不管怎样，眼下我不能去挖。我不知道，是谁制订了法律，可是我知道没有规定你得挨饿的法律。”

“我参加了反对工资这么低的罢工，”我跟他说。

“可你又回去干活儿了，”他说。“他们说你参加罢工，反对救济。你一直在干活儿，对不对？你从来没有要求过哪一个人救济。”

“什么活儿都没有，”我说。“不管在哪儿，都没有什么活儿能挣到能养活人的工资。”

“为什么？”

“我不知道。”

“我也不知道，”他说。“可是我的一家子也要靠吃饭活下去，活的日子也要跟任何人一样长。他们尝试的办法是让你们这些本地佬挨饿，饿得你们从这儿离开，那他们就能烧掉窝棚，盖起有套间的公寓，把这儿变成一个旅游城市。这是我听说的。我听说他们买下了一块块土地；然后，等穷人们饿得离开此地，上别处去，然而却饿得更厉害，在这以后，他们就会来了，把这儿建成一个美丽的旅游胜地。”

“你说话像激进分子，”我说。

“我才不是激进分子呐，”他说。“我窝着一肚子火。好久以来，我窝着一肚子火。”

“你丢掉了一条胳膊，这不可能使你好受些的。”

“让我的胳膊见鬼去吧。你丢掉一条胳膊只是你去掉一条胳膊罢了。还有比丢掉一条胳膊更坏的事情哪。你有两条胳膊和两样别的东西。可是只有一条胳膊和一样别的要紧东西，人还是个人，”他说。“让这事儿见鬼去吧，”他说。“我不想谈这事儿。”过了一会儿，他说：“我还有另外两样要紧东西哪。”接着，他开动汽车，说：“走吧，咱们去见见那些家伙。”

我们在林荫大道上开过去，和风吹着，几辆汽车开过，还飘来水泥地上的死海藻的气味；那是在涨潮的时候，波浪冲过了防波堤，把那些海藻留在那儿的，哈里用左胳膊在开车。我确实一向喜欢哈里；过去，有许多回，我跟他一起在船上干活儿，可是他眼下变了，这发生在他丢掉胳膊以后，那个从华盛顿来旅游的家伙递交了一份宣誓陈述书，说他那时看到那艘船在卸烈酒，海关就扣了船。他只要在船上，他就感到很好；丢掉了船，他就感到糟透了。

我想，他很高兴有个借口去偷船。他知道他没法保住那艘船，可是他也许可以利用船在他手里的时候，挣一笔钱。我需要钱，要得没命，可是我不想卷进任何麻烦。我跟他说："你知道，我不想卷进任何真正的麻烦，哈里。"

"你还会卷进什么比你现在更糟的麻烦呢？"他说。"你到底还有什么比挨饿更糟的麻烦呢？"

"我没有在挨饿，"我说。"你到底干吗老是谈挨饿？"

"也许你没有，可是你的孩子们在挨饿。"

"别说了，"我说。"我会给你干活儿的，不过，你不能这样跟我说话。"

"行，"他说。"不过，你一定要打定主意干这活儿，别三心二意。我在城里能找到很多人。"

"我想干，"我说。"我跟你说过，我想干。"

"那么，开心点。"

"你开心点，"我说。"你是唯一说话像激进分子的人。"

"呃，开心点，"他说。"你们本地佬没有一个是有胆子的。"

"从什么时候起，你不是本地佬了？"

"自从我吃了第一餐好饭以来。"

他这会儿说话挺冲人，没错儿；从他还是小孩子那会儿起，他对谁都从来没有同情心。不过，他对自己也从来没有同情心。

"好吧，"我跟他说。

"别激动，"他说。我可以看到，在我们前面，那所房子的灯光。

"咱们要在这儿跟他们见面，"哈里说。"把你的嘴牢牢地闭住。"

"你见鬼去吧。"

“呃，别发火，”哈里说，这时候我们拐进车道，开到那所房子的后面。他是个霸道的人，而且说起话来冲人，可是我确实一直喜欢他。

我们把汽车停在房子后面，走进厨房；那个男人的妻子在炉灶前煮东西。“你好，弗雷达，”哈里跟她说。“蜜蜂嘴在哪儿？”

“他在里面那儿，哈里。你好，艾伯特。”

“你好，理查兹小姐，”我说。自从她常在那些乌烟瘴气的地方出现以来，我就认识她了，可是城里少数干活最卖力气的已婚女人从前往往是干卖笑这个行当的女人，而她可是个干力气活的女人，我说的话千真万确。“你家里的人都好吗？”她问我。

“他们都挺好。”

我们穿过厨房，走进后间。蜜蜂嘴，那个律师，还有四个古巴人跟他在一起，都坐在桌子旁。

“坐吧，”他们当中有个人用英语说。他是个长相凶狠的家伙，身材粗壮，大脸膛，嗓音深沉；你看得出他喝了很多酒。“你叫什么名字？”

“你叫什么？”哈里说。

“得了，”这个古巴人说。“随你的便，不说也罢。船在哪儿？”

“船在停游艇的内港里，”哈里说。

“这人是谁？”那个古巴人问他，望着我。

“我的伙计，”哈里说。那个古巴人仔细打量着我；另外的古巴人打量着我们两人。“他看来像在挨饿，”那个古巴人说，接着笑起来。其他人没有笑。“你喝一杯吗？”

“好吧，”哈里说。

“喝什么？巴卡迪？”

“你们喝什么，就喝什么，”哈里跟他说。

“你的伙计喝酒吗？”

“我也来一杯，”我说。

“还没有人问你哩，”那个大个子古巴人说。“我只是问你是不是喝酒。”

“啊，别说了，罗伯托，”另一个古巴人说，一个年轻人，比孩子大不了多少。“你干什么事儿，难道不能不恶狠狠吗？”

“你说恶狠狠，是什么意思？我不过是问问他是不是喝酒罢了。你要是雇个人，难道你不问他是不是喝酒？”

“给他一杯酒，”另外一个古巴人说。“咱们来谈正事儿。”

“你的船要什么代价，大老板？”那个嗓音深沉的、叫罗伯托的古巴人问哈里。

“那得看你们拿它派什么用处，”哈里说。

“把我们四个人送到古巴。”

“古巴哪儿？”

“卡巴尼亚斯。卡瓦尼亚斯附近。就在里埃尔海岸那儿。你知道它在哪儿吧？”

“当然喽，”哈里说。“就把你们送到那儿？”

“就是这样。把我们送到那儿，送我们上岸。”

“三百块。”

“这太贵了。要是我们按天数租你呢，保证租你两个礼拜，怎么样？”

“四十块一天；你预付一千五百块，作为船万一出什么事情的赔偿。我得报关吗？”

“不用。”

“你付汽油费，”哈里跟他们说。

“我们给你两百块，你把我们送到那儿，送上海岸。”

“不行。”

“你要多少？”

“我告诉过你们了。”

“这太贵了。”

“不，这不贵，”哈里跟他说。“我不知道你们是什么人。我不知道你们干的是什么事儿；我也不知道谁会向你们开枪。我得在冬天里横渡海湾两回。不管怎样，我在拿我的船冒风险。我同意收两百块送你们去，可你们得付一千块作押金，以防我的船万一出事儿。”

“这合情合理，”蜜蜂嘴跟他们说。“这完全合情合理。”

那些古巴人开始用西班牙语说话。我听不懂他们的话，可是我知道哈里懂。

“好吧，”那个大个子罗伯托说：“你什么时候能出发？”

“明夜什么时候都行。”

“也许我们要到天黑以后才走，”他们当中一个人说。

“这对我没有问题，”哈里说。“不过，要及时告诉我。”

“你的船的状况好吗？”

“那还用说，”哈里说。

“那是一艘模样漂亮的船，”他们当中那个年轻人说。

“你在哪儿看到的？”

“西蒙斯先生，这儿的律师，指给我看的。”

“啊，”哈里说。

“来一杯，”另一个古巴人说。“你去过古巴许多回吗？”

“去过几回。”

“会说西班牙语吗？”

“我从来没有学过，”哈里说。

我看到那个律师蜜蜂嘴望着他，可是他生来极不老实，要是别人不说真话，他总是更高兴。就像他到酒店来找哈里谈这事儿的时候，他不可能直截了当地跟他说。他得假装要见胡安·罗德里格斯，那是个坏到骨子里的穷加利西亚人，他会偷他亲妈的东西，蜜蜂嘴又使他受到了控告；那样，他就能为他辩护了。

“西蒙斯先生的西班牙语讲得很棒，”那个西班牙人说。

“他受过教育。”

“你会航行吗？”

“我会去，也会来。”

“你是个捕鱼人吗？”

“是，先生，”哈里说。

“你用一条胳膊怎么捕鱼？”那个大脸膛的人问。

“捕起鱼来动作可以快两倍，”哈里跟他说。“你还要了解我别的什么事情吗？”

“不。”

他们都一起说西班牙语了。“那我走了，”哈里说。

“我会通知你关于船的事儿的，”蜜蜂嘴跟哈里说。

“得先付一点儿钱，”哈里说。

“这事儿我们明天会办的。”

“行，再见，”哈里跟他们说。

“再见，”那个说话讨人喜欢的年轻人说。那个大脸膛的人什么也没有说。另外两个脸相长得像印第安人，在这段时间里，除了用西班牙语跟那个大脸膛的人谈话以外，始终一言不发。

“待会儿我会来看你的，”蜜蜂嘴说。

“在哪儿？”

“在弗雷迪酒馆。”

我们走出去，又穿过厨房；弗雷达说：“玛丽好吗，哈里？”

“她眼下挺好，”哈里跟她说。“她这会儿心情好了，”接着我们走出门去。我们坐进汽车；他把车开回到林荫大道，一句话也不说。他在想什么事情，没错儿。

“我把你送到家，好不？”

“好吧。”

“你现在住在县公路旁？”

“对。这回出门怎么样？”

“我不知道，”他说。“我不知道是不是会出门。明天见。”

他把我送到我的家门前；我向里面走去；我还没有打开门，我妻子就大骂我在外面闲逛，喝酒，这么晚才回家吃饭。我问她，我没有钱，怎么能喝酒；她说，我一定赊了账。我问她，我在干救济活儿，她认为谁会让我赊账；她说，离远点，别让酒气熏她，在桌子旁坐下。我就坐下。孩子们都去看垒球比赛了；我坐在那儿桌子旁；她端来饭菜，不理睬我。

第十章 哈 里

我不想随便跟这事情打交道，可是我有什么可选择的呢？他们现在不给你任何选择了。我可以不揽这件事情；可是下一件事情是什么呢？我不想招惹任何这种麻烦；你要是非干不可的话，你就非干不可吧。也许我不该带上艾伯特。他蠢头蠢脑，可是他直爽，而且在船上是把好手。他并不太容易受惊吓，可是我不知道是不是应该带上他。可是我没法带酒鬼或者黑人。我非带一个我可以依靠的人不可。我们要是干成功了的话，我少不了会给他一份的。可是，我不能告诉他，要不，他会不愿蹚这趟浑水的，而我非得有个帮手不可。独自个儿干比较好；不管干什么，都是独自个儿干比较好，可是我认为这事儿我独自个儿对付不了。能独自个儿干，可要好得多啊。艾伯特要是对这事儿什么都不知道的话，他倒要好些。唯一的问题是蜜蜂嘴。蜜蜂嘴会知道所有的事情的。不过，他们一定会想到这一点的。他们一定估计到了。难道你认为蜜蜂嘴这么蠢，竟然不知道他们要干什么吗？我怀疑。当然啦，也许那不是他们打算干的事情。也许他们不会干那种事情。可是，他们要干那种事情是很自然的，何况我听到了那个词儿。他们要是要干那件事儿的话，那他们就不得不在它关门的时候干，要不，他们就要遇到从迈阿密飞来的海岸警卫队的飞机。眼下，六点钟天黑。飞机不可能在一个钟头内飞来。天一黑，他们就没事了。哦，我要是要送他们的话，我得想办法弄船。船倒不难弄到手；不过，要是我今宿把船弄出来，他们发现船不见了的话，他们也许会找到它的。不管怎样，那会闹得沸沸扬扬。可是，我只有在今宿才可能把船弄出来。我可以在涨潮的时候把它弄出来，藏好。我可以发现需要给它干些什么，要是它有什么需要的话，要是他们卸掉了什么的话。不过，我得加汽油和水。我确实要大大地忙上一宿。那么，我把船藏好以后，艾伯特就得用一艘快艇把他们送来。也许用沃尔顿的那一艘。我可以向他租。要不，蜜蜂嘴可以向他租。那样更好些。蜜蜂嘴今宿可以帮我把那艘船弄出来。蜜蜂嘴是个大胆的人。因为完全可以肯定，他们一定已经估量过蜜蜂嘴了。没准儿他们也估量过我和艾伯特了。他们当中有哪一个看来像海员吗？他们当中有哪一个看上去像海员吗？让我想想看？也许有。也许是那个长相讨人喜欢的。可能是他，那个年轻人。我得查明这个情况，因为他们要是打算一开始干就不要艾伯特或者我的话，那是不可能的。早晚他们会算计掉我们的。不过，在海湾里，你有时间。我一直在考虑。我得一直考虑得当。我不能出一个差错。不能出一个差错。一回都不行。得了，我现在确实得想想有些事情了。除了猜想到底要发生什么事情外，得干些事情和想想有些事情。除了猜想这件该死的事情从头到尾将会怎么样外。一旦他们提出了做法。一旦你哄弄了他们。一旦你有一个机会。不能眼睁睁地看机会完蛋。没有挣钱过日子的船了嘛。那个蜜蜂嘴。他不知道自己卷进了什么麻烦。他一点也没有想到会出怎么样的事情。我希望他很快就在弗雷迪那儿露面。我今宿有许多事情要干哩。我还是去吃点东西的好。

第十一章

蜜蜂嘴约摸九点半光景来到那家酒馆。你看得出他们在理查兹家把他灌得醉醺醺，因为他喝多了酒以后，就显得神气活现，而他进来的时候，神气活现得厉害。

“嗨，大老板，”他跟哈里说。

“别管我叫大老板，”哈里跟他说。

“我要跟你说话，大老板。”

“在哪儿？在后面你的办公室里？”哈里问他。

“对，在后面那儿？后面那儿有人吗，弗雷迪？”

“自从颁布了那条法律以后，就没有了。喂，夜晚六点钟以后不准姑娘们进酒馆这条法律他们要维持多久？”

“你干吗不聘我对这条法律干点儿什么？”蜜蜂嘴说。

“聘你见鬼去吧，”弗雷迪跟他说。他们两人走到后面那儿去，那儿是一个个隔开的小房间，堆着一箱箱空酒瓶。

天花板上有一盏电灯；哈里向里望去，把一个个黑沉沉的小房间看了个遍，看到那些房间里没有一个人。

“说吧，”他说。

“他们大后天黄昏要船，”蜜蜂嘴跟他说。

“他们要干什么？”

“你会讲西班牙语的，”蜜蜂嘴说。

“不过，这你没有告诉他们吧？”

“没有。我是你的哥儿们嘛。你知道。”

“你会出卖你的亲妈。”

“别胡说了。瞧我让你干什么来着。”

“你什么时候变得无法无天了。”

“听着，我需要钱。我不得不离开这儿。我在这儿玩儿完了。你知道的，哈里。”

“这谁不知道呢？”

“你知道他们怎样一直在用绑架和其他这一类手段筹集经费资助革命。”

“我知道。”

“这一回也是这种事情。他们是在为崇高的目标干这事儿。”

“不错。可是在这儿啊。这是你出生的地方。你认识每一个在这儿干活儿的人。”

“不会有哪一个出事情的。”

“跟那些家伙在一起吗？”

“我原以为你胆子挺大哩。”

“我胆子是挺大。你别为我的胆子担心。可是我打算继续在这儿过日子嘛。”

“我不打算，”蜜蜂嘴说。

耶稣，哈里想。他自己也说过这话。

“我要出去，”蜜蜂嘴说。

“你什么时候去把船弄出来？”

“今宿。”

“谁会帮你？”

“你。”

“你把船安顿在什么地方？”

“我一直安顿船的地方。”

把船弄出来倒一点不难。就像哈里设想的那样简单。那个夜班守卫员在每一个钟头正点巡逻一次；其余的时间，他待在老海军船坞的大门前。他们乘着一艘小艇进入内港，在退潮的时候割断了拴船的缆绳；由小艇拖着，那艘船漂出去了。漂到了外面航道上，哈里检查了发动机，发现他们只是卸开了配电器盖。他检查了汽油，发现船上将近有一百五十加仑。他们一点也没有把汽油从油柜里虹吸掉；上一回，他横渡海湾剩下的都在船上。在他们出发以前，他给船加满了汽油，而汽油用掉得很少，因为海面上风浪很大，他们不得不在横渡海湾的时候，把船开得很慢。

“我已经在家中的油箱里准备了汽油，”他跟蜜蜂嘴说。“咱们要是需要它的话，我可以用小口大酒瓶用汽车带一些，艾伯特可以另外带一批。我会把船停在正好跟公路交叉的小河那儿。他们可以坐汽车赶来。”

“他们要你直接待在波特码头。”

“我怎么能把这艘船停靠在那儿？”

“你不能。不过，我想他们压根儿不打算坐什么汽车。”

“好吧，咱们今宿就把船停在那儿；我可以加满汽油，而且把需要干的事情都干好，然后把船转移。你可以租一艘快艇，把他们送出来。我眼下得把船停在那儿。我有许多事情要干。你把小艇划进去，汽车开到外面桥那儿，让我上车。我在约摸两个钟头后来到公路那儿。我会留下船，来到公路上。”

“我会开车来接你的，”蜜蜂嘴跟他说；接着哈里减慢发动机的速度，这样，船悄悄地穿过水面，他把船拐了一个弯，拖着小艇，把它一直拖到拴缆船的锚泊灯的灯光照亮的范围内。他分开离合器，稳住小艇，这时候，蜜蜂嘴登上小艇。

“约摸两个钟头光景，”他说。

“行，”蜜蜂嘴说。

哈里坐在驾驶座上，慢腾腾地在黑暗中前进，成功地避开码头前部的灯光；他在想，蜜蜂嘴确实在为钱费劲干活儿。倒想知道他认为他能到手多少钱？我真想知道他到底怎样跟那些家伙勾结成一伙的。这个机灵人从前有过好机会。他还是个好律师。不过，听他自己说这话，叫我感到浑身发凉。他确实在自吹自擂。真莫名其妙，一个人怎么能吹大气呢。我听到他自吹自擂的时候，心里直发毛。

第十二章

他走进屋子的时候，没有开灯，而是在过道里脱掉皮靴，穿着袜子走上没有铺地毯的楼梯。他脱掉身上的衣服，只穿着汗背心睡到床上去，这时候，他的妻子醒了。她在黑暗中说："哈里？"他接着说："睡吧，老婆子。"

"哈里，怎么啦？"

"要出门一次。"

"跟谁一起去。"

"没有人。也许有艾伯特。"

"谁的船？"

"我又弄到了船。"

"什么时候？"

"今宿。"

"你会蹲监狱的，哈里。"

"没有人知道我弄到了船。"

"它在哪儿？"

"藏着。"

他躺在床上，一动也不动，感到她的嘴唇贴在他的脸上，寻找他，然后她的手搁在他的身上；他翻了个身，紧紧地靠着她的身子。

"你要吗？"

"要。现在。"

"我刚才睡着了。你记得咱们睡着了干这事儿的时候吗？"

"听着，你对这条胳膊在意吗？它让你觉得滑稽吗？"

"你真蠢。我喜欢它。不管是你的什么，我都喜欢。把它横搁在这儿。把它搁在这儿。快。我喜欢它，真的。"

"这像蠵龟的鳍。"

"你不是蠵龟。它们真的一干就是三天吗？一干就要干上三天？"

"没错儿。听着，轻声点。咱们要把女儿们吵醒了。"

"她们不知道我的滋味有多美。她们永远不会知道我的滋味有多美。啊，哈里。对。啊，你这宝贝儿。"

"等一等。"

"我不要等。来啊。对。就是这儿。听着，你跟黑妞儿干过这事儿吗？"

"当然干过。"

"那像什么？"

"像须鲨。"

"你真逗。哈里。我巴不得你不是非去不可。我巴不得你再也不是非去不可。跟你干过的谁最好？"

"你。"

"你撒谎。你一直对我撒谎。唷。唷。唷。"

"没撒谎。你是最好的。"

"我老了。"

"你永远不老。"

"我有白带。"

"一个女人只要干起来行的话，那压根儿没有一点儿不一样。"

“干啊。哦，干啊。把那截剩下的胳膊搁在那儿。喂，忍住。忍住。哦，忍住。忍住。”

“咱们的说话声太闹了。”

“咱们的说话声挺轻。”

“天亮以前，我得出门。”

“你尽管睡就是。我会叫你起床的。你回来后，咱们就能美美地乐一阵子。咱们像过去常干的那样上迈阿密的一家旅馆去。就像咱们过去常干的那样。去一个他们永远见不到的地方。咱们干吗不能去新奥尔良[1]呢？”

“也许，”哈里说。“听着，玛丽，我现在得睡着了。”

“咱们会去新奥尔良吗？”

“干吗不去呢？不过，我得睡着了。”

“睡着吧。你是我的大宝贝儿。快睡着吧。我会叫醒你的。别担心。”

他把那截剩下的胳膊直挺挺伸出，搁在枕头上，睡着了；她躺着，对他望了长长一段时间。她可以通过从窗外照进来的街灯光看清他的脸。我真幸运，她在想。那些姑娘。她们不知道她们得到的是怎样的人。我可知道我得到的和拥有的是怎样的人。我是个幸运的女人。他说像一只海龟。我感到高兴的是，是一条胳膊，而不是一条大腿。我不希望他失掉的是一条大腿。他干吗非失掉那条胳膊不可呢？那模样虽然滑稽，我可不在乎。不管他变得怎么样，我可不在乎。我真是个幸运的女人。没有别的这样的男人了。没有跟他们有过来往的人是不会懂得的。我跟他们许多人有过来往。找到他，我真幸运。你认为那些海龟跟我们的感觉很像吗？你认为它们

① 新奥尔良(New Orleans)：美国路易斯安那州东南部港市。

从头到尾都是那样的感觉吗？或者你认为它弄痛那只雌龟吗？我想着那最叫人惊奇的事儿。瞧他，睡得就像一个小娃娃。我还是一直醒着的好，这样就不会错过叫醒他。基督，我能干那事儿，干上整整一宿，要是一个男人棒得能这么干的话。我喜欢干这事儿，永远不睡。永远、永远，不，永远不。不，永远、永远、永远不。嘿，想想看，怎么样。我，这把年纪了，我不老。他说，我仍然行。四十五岁不算老。我比他大两岁。瞧他睡着的模样。瞧他睡着在那儿，就像一个孩子。

天亮以前两个钟头，他们走出屋子，来到汽车库内汽油桶前，把一个个小口大瓶灌满汽油，塞上瓶塞，搬进汽车后座箱。哈里在他那截了的右胳膊上装了一个铁钩，熟练地挪动和举起套着柳条筐的小口大瓶。

“你不吃早饭？”

“等我回来后。”

“你不喝杯咖啡？”

“你煮了吗？”

“当然，咱们出来的时候，我把它煮上了。”

“端出来。”

她把咖啡端出来；他坐在汽车的轮胎旁，在黑暗中喝了。她接过杯子，摆在汽车库的架子上。

“我陪你去，帮你去搬那些瓶子，”她说。

“好吧，”他跟她说，接着她上车，坐在他身旁，一个大个子女人，长腿、大手、大屁股、仍然漂亮，一顶帽子低低地扣在她脑后的颜色漂淡了的金发上。在黑暗和清晨的寒冷中，他们的汽车开出乡间的公路，穿过笼罩在平地上的白茫茫的浓雾。

“你在担心什么，哈里？”

“我不知道。我就是担心。听着，你在让你的头发长起来吗？”

“我想是的。女儿们都一直在模仿我。”

“让她们见鬼去吧。你保持老样子。”

“你真的不要我改变式样吗？”

“对，”他说。“这是我喜欢的式样。”

“你不认为我的相貌太老了吗？”

“你的相貌比她们哪一个都好。”

“那我会照老样子梳的。要是你喜欢的话，我会把头发漂得更金灿灿。”

“你怎么干，女儿们干吗非说长道短不可？”哈里说。“她们没有理由打搅你嘛。”

“你知道她们是怎么样的。你知道年轻的姑娘们就是这样的。听着，你要是出门顺利的话，咱们到新奥尔良去，好不好？”

“迈阿密。”

“好吧，不管怎样，就去迈阿密。咱们把她们留在这儿。”

“我首先要出门去一次。”

“你没在担心吧，是不？”

“没有。”

“你知道我躺着，醒在那儿，几乎有四个钟头，就是在想你。”

“你是个呱呱叫的老婆。”

“我能随时想到你，感到兴奋。”

“得了，咱们现在得灌满汽油了，”哈里跟她说。

第十三章

早晨十点钟，弗雷迪的酒馆里，哈里站在里面，靠在酒吧柜上，跟四五个人在一起。两个海关人员刚离开。他们问他那艘船的事情；他说他对那件事情一点不知道。

“你昨夜在哪儿？”两人中有一个问他。

“这儿，后来回家。”

“你在这儿待到多晚？”

“待到酒馆关门。”

“有什么人看到你在这儿吗？”

“许多人，”弗雷迪说。

“怎么啦？”哈里问他们。“难道你们认为我会偷自己的船吗？我拿它干什么呢？”

“我只是问你，你在哪儿，”那个海关人员说。“别发火。”

“我没有发火，”哈里说，“那时候，他们没有发现任何走私酒的证据，就扣了船，我倒是发过火。”

“有人递了宣誓作证的书面陈述，”那个海关人员说。“不是我写的书面陈述。你知道那个写陈述的人。”

“说得对，”哈里说。“不过，别说我因为你们问我而发火。我倒是宁可你们把它拴着。那我才有收回的机会。要是它给偷了的话，我还有什么机会呢？”

“没有了，我想，”那个海关人员说。

“得了，走开吧，”哈里说。

“别神气活现，”那个海关人员说，“要不，我会让你知道神气活现的下场的。”

“十五年以后，”哈里说。

“你神气不了十五年的。”

“对，可我也不会蹲监牢。”

“嘿，别神气活现，要不，你会的。”

“别恼火，”哈里说。就在这时候，那个开出租汽车的蠢头蠢脑的古巴人带着一个从飞机上下来的人走进来；大罗杰跟他说：

“艾佐兹，听说你有了个孩子。”

“是啊，先生，”艾佐兹很得意地说。

“你什么时候结婚的？”罗杰问他。

“上个月。上一个月。你来参加婚礼了吗？”

“没有，”罗杰说。“我没有来参加婚礼。”

“你错过了，”艾佐兹说。“你错过了一次好得没话说的婚礼。你干吗不来？”

“你没有邀请我。”

“啊，可不是，”艾佐兹说。“我忘了。我没有邀请你……你挑好了吗？”他问那个从外地来的人。

“挑好了。我想挑好了。这是你售价最高的巴卡迪吗？”

“是的，先生，”弗雷迪跟他说。“这是真正的上等货。”

“听着，艾佐兹，是什么叫你以为那是你的孩子？”罗杰问他。“那不是你的孩子。”

“你说不是我的孩子，这话是什么意思？上帝作证，我不让你说这样的话，你说不是我的孩子，这话是什么意思？你买了一头母牛，不是也要牛犊子吗？那是我的孩子。上帝作证，是我的。我的孩子。属于我的。是我的，先生！”

他跟那个拿着那瓶巴卡迪朗姆酒的外地来的人走出去。确实使罗杰反而受到了嘲笑。那个艾佐兹确实是个怪人。他和另外那个绰号糖水的古巴人。

就在这时候，那个律师蜜蜂嘴进来了；他跟哈里说："海关人员刚去收你的船。"

哈里望着他；你可以看到他的脸上杀气腾腾。蜜蜂嘴用同样的、不带一点儿感情的声音接着说下去。"有个人从一辆美国公共事业振兴署的高大的运货卡车的顶上看到了它停在红树丛中，就从他们在博卡奇卡盖营房的地方打电话给海关了。我刚才遇见赫尔曼·弗雷德里克斯。是他告诉我的。"

哈里一句话也没说，可是你可以看到他脸上的杀气不见了；他的眼光又变得坦率、自然了。接着他跟蜜蜂嘴说："你听到了一切，对不对？"

"我原以为你会喜欢知道的，"蜜蜂嘴用同样的没有感情的声音说。

"我一点也不关心，"哈里说。"他们应该照管得更好些，而不是这样大意。"

他们两人站在酒吧柜那儿；没有一个开口说话，直到大罗杰和其他两三个人零零落落地走出去。后来，他们走到后面去。

"你是个晦气星，"哈里说。"不管什么，只要你一碰，就会沾上晦气。"

"在运货卡车上能看到它，难道这是我的过错不成？是你挑了那地方。是你藏了你自己的船。"

"闭嘴，"哈里说。"他们以前有过那种高大的运货卡车吗？这是我最后一个用正当手段挣钱的机会。这是我最后一个机会，这个机会让我得登上一艘船才可以挣到钱。"

“一出事儿，我就来通知你了。”

“你是个贪心的家伙。”

“别胡扯了，”蜜蜂嘴说。“他们现在要在今天下午近傍晚的时候走。”

“他们见鬼去吧。”

“他们不知对什么事儿心里不塌实。”

“他们要什么时候走？”

“五点。”

“我会弄到一艘船的。我会送他们见鬼去。”

“这倒不是坏主意。”

“现在别啰唆这些。我的事儿不用你多嘴。”

“听着，你这个恶狠狠的大老粗，”蜜蜂嘴说，“我想方设法帮你摆脱困难，让你参加干点儿事情……”

“可你干的一切都是让我倒楣。闭嘴。不管哪个人跟你打交道，你总是让人倒楣。”

“别胡扯，你这横行霸道的浑蛋。”

“别发火，”哈里说。“我得想。我到现在一直在干的一件事儿，就是要给一件事儿想出一个办法，办法已经想出来了，可现在我得给另一件事儿想个办法。”

“你干吗不让我帮你？”

“你十二点上这儿来，把那笔钱带来，付船钱。”

他们走出来的时候，艾伯特来到酒馆前，走到哈里面前。

“对不起，艾伯特，我没法雇用你，”哈里说。他早就想定了这个主意。

“工钱便宜我也干，”艾伯特说。

“对不起，”哈里说，“我现在不需要你啦。”

"我要的价钱低；这点钱，你找不到一个好手的，"艾伯特说。

"我独自个儿去。"

"你不该独自个儿出门去干那样的事儿，"艾伯特说。

"闭嘴，"哈里说。"你知道是什么事儿？难道政府用以工代赈的方式就是教你干我的事儿吗？"

"见鬼去吧，"艾伯特说。

"也许我会去的，"哈里说。凡是望着他的人，都看得出他的脑子在飞快地转动，想许多事情；他不乐意被打搅。

"我很想去，"艾伯特说。

"我没法雇用你，"哈里说。"别烦我，行不行？"

艾伯特走出去；哈里站在酒吧柜那儿，望着那架投五分的吃角子老虎机、两架投一角的吃角子老虎机和那架投两角五分的吃角子老虎机，还望着墙上那幅画《卡斯特[①]最后的抵抗》，好像他从来没有见过那些东西似的。

"艾佐兹跟大罗杰说的那番关于孩子的话，说得真妙，是不？"弗雷迪一边跟他说，一边把几个咖啡杯放进那桶肥皂水。

"给我一盒切斯特菲尔德牌烟卷。"哈里跟他说。他把烟盒夹在他胳膊的残皮下，撕破一角，抽出一支烟卷，放在嘴里，然后让烟盒掉进衣袋，点上烟卷。

"你的船什么状况，弗雷迪？"他问。

"我刚把它送到船台上去检修过，"弗雷迪说。"它的状况

---

① 卡斯特(Ceorge Armstrong Custer，1839—1876)：美国将军。1876年6月24日夜去袭击蒙大拿州小比格蒙恩河附近印第安人营地。他所率领的250多名士兵无一生还，只剩下一匹战马。吃角子老虎是一种赌具。作者用这种赌具和卡斯特的阵亡预示哈里在他那场赌博中不幸的下场。

挺好。”

“你愿意租给我吗？”

“干什么？”

“渡一回海峡。”

“除非先付清船价。”

“它值多少？”

“一千两百块。”

“我租下了，”哈里说。“凭我的信用，行吗？”

“不行，”弗雷迪跟他说。

“我用我房子抵押。”

“我不要你的房子。我要一千两百块。”

“好吧，”哈里说。

“把钱带来，”弗雷迪跟他说。

“等蜜蜂嘴来了，告诉他等我，”哈里说，接着走出去。

第十四章

在外房里，玛丽和姑娘们在吃午餐。

“嘿，爹，”大女儿说。“爹来了。”

“你今天做了什么菜？”哈里问。

“咱们吃牛排，”玛丽说。

“有人说他们偷了你的船，爹。”

“他们找到了它，”哈里说。

玛丽望着他。

“谁找到了它？”她问。

“海关人员。”

“啊，哈里，”她说，充满了同情。

“找到它是不是好一些，爹？”二女儿问。

“吃饭的时候，别说话，”哈里跟她说。“我的饭菜呢？你还在等什么？”

“我去端来。”

“我忙得很，”哈里说。“你们这些女孩子吃罢了，就出去。我得跟你妈谈话。”

“能给我们一些钱，让我们今天下午去看电影吗，爹？”

“你们干吗不去游泳。这不用花钱。”

“啊，爹，游泳太冷了，再说我们要看电影。”

“行，”哈里说。“行。”

姑娘走出房间后，他跟玛丽说。“切成小块，行不行？”

“当然喽，宝贝儿。”

她把牛排切得像是给小男孩吃的那样。

“谢谢，”哈里说。“我真是糟糕透顶，没完没了地惹麻烦，是不是？那些女孩子倒不怎么惹麻烦，是不是？”

“没这回事，宝贝儿。”

“真怪，咱们没有男孩。”

“这是因为你是这样一个男人。这种情况，总是生女儿。”

“我不是个糟透了的男人，”哈里说。“可是听着，我要出一回糟透了的门。”

“告诉我船的事儿。”

“有人从一辆运货卡车上看到了它。一辆高卡车。”

“真丧气。”

“比丧气更糟。臭大粪。”

“啊，哈里，别在家里这样说话。”

“你有时候在床上说的话比这更粗。”

“这不一样。我不喜欢在自己的饭桌旁听到臭大粪。”

“啊，臭大粪。”

“啊，宝贝儿，你心情不好，”玛丽说。

“不，”哈里说。“我只是在想。”

“好吧，你想出个办法来。我对你有信心。”

“我有信心。现在我只有这个了。”

“你想要把事情告诉我吗？”

“不。不过，不管你听到什么，别为我担心。”

“我不会担心的。”

“听着，玛丽。到楼上去，把那支汤姆生式冲锋枪给我取来，瞧一下那个放子弹的木盒子，把所有的弹夹都装满子弹。”

“别带那东西。”

“我非带不可。”

“你不要子弹盒吗？”

“不要。我没法装弹夹。我有四个弹夹。”

“宝贝儿，你不是出门去干那种事情吧？”

“我要出门去干的事儿挺糟。”

“啊，上帝，”她说。“啊，上帝，我真希望你用不着干这些事情。”

“去啊，取了枪，拿到楼下这儿来。给我煮点咖啡。”

“行，”玛丽说。她隔着桌子探出身去，亲亲他的嘴。

“别打搅我，”哈里说。“我得想。”

他坐在桌子旁，望着钢琴、餐具柜和收音机、那幅《九月清晨》的画，还有几幅爱神丘比特在脑袋后面拿着弓的画，那张亮晃晃的真橡木的桌子和几把亮晃晃的真橡木的椅子和那几幅挂在窗子前的窗帘；他在想，我还有什么机会享受我这个家呢？我为什么落到了比我出发点更糟的地步呢？要是这件事儿我应付得不对头的话，那一切都玩儿完了。会一古脑儿见鬼去的。除了这幢房子以外，我剩下不到六十块了，可是我要用这笔钱赌一赌。那些该死的姑娘。除了老婆子跟我所有的一切外，咱们只生了这几个。你以为在我认识她以前，她肚子里的男孩都生完了吗？

“东西取来了，”玛丽说，提着盛那东西的匣子的网纹吊带。“都装满了。”

“我得走了，”哈里说。他举起那支盛在一个布条编成的网纹的、油迹斑斑的盒子里的、拆卸开的枪，真是敦敦实实、沉甸甸的一堆。“摆在汽车的前座底下。”

“再见，”玛丽说。

“再见，老婆子。”

“我不担心。不过，请照顾自己。”

“好好过活。”

“啊，哈里，”她说，紧紧地把他搂在胸前。

“让我走。我没有时间了。”

他用那截剩下的胳膊拍拍她的背。

“你，还有你的蠵龟鳍。”她说。“啊，哈里。要小心。”

“我得走了。再见，老婆子。”

“再见，哈里。”

她看他走出屋子，高个子、宽肩膀、平脊背，他的屁股狭窄，摆动，稳定，她想，像一只野兽，从容、灵敏，还没有老，他走动起来那么轻灵和平稳，她想；等他坐进汽车的时候，她看到他白皮肤、绿眼珠，金发泛红，他的脸上长着蒙古人种的阔颧骨、窄眼睛，鼻梁断了的鼻子、阔嘴、圆滚滚的下巴；坐在汽车里，他冲她龇牙咧嘴地笑笑，接着她开始哭了。“他那张该死的脸，”她想。“每一回我看到他那张该死的脸，它总是使我想要哭。”

第十五章

有三个旅游的人坐在弗雷迪酒馆的酒吧柜前；弗雷迪在侍候他们。其中一个是个子很高、很瘦的阔肩膀男人，穿着短裤，戴着厚镜片眼镜，留着仔细修饰的、细细的浅棕色小胡子。那个跟他在一起的女人，金黄的鬈发剪得短短的，像男人的发式，肤色不好，脸和体形像个女摔跤手。她也穿着短裤。

“啊，胡吣，”她在跟第三个游客说；他有一张有点浮肿的泛红的脸，留着赭色小胡子，戴着一顶白布帽，帽上有个绿赛璐珞遮阳帽舌；他说起话来，嘴唇有个动得有点儿怪的习惯动作，好像他在美滋滋地吃什么太烫的东西。

“多迷人啊，”那个戴有绿色遮阳帽舌的帽子的男人说。“我从来没有听到过把这个表达方式真正应用在交谈中。我原以为这是一个陈旧的词儿，人们在印刷品上——呃——在滑稽画报中，才看到它，可是从来没有听人说过。”

“胡吣，胡吣，双料的胡吣，”那位女摔跤手似的太太突然施出更大的魅力说，不惜让他看到她的尽是赤包的脸的侧面。

“多美啊，”那个戴帽子上有绿色遮阳帽舌的男人说。

“你说得真漂亮。这种表达方式最早是从布鲁克林[①]传出来的吗？”

“你千万别把她的话放在心上。她是我太太，”那个高个子游客说。“你们两人见过吗？”

“啊，去他的胡吣，双料去他的遇见他，”那个妻子说。

“你好！”

“不怎么坏，”那个戴有绿色遮阳帽舌的帽子的男人说。“你好吗？”

“她干得可出色哩，”那个高个子说。“你应该看到她的作为的。”

就在这时候，哈里走进来了；高个子游客的妻子说：“他不是呱呱叫吗？那正是我想要的。把那买给我吧，老公。”

“我可以跟你说话吗？”哈里跟弗雷迪说。

“当然行。尽管讲，你爱说什么都行。”高个子的妻子说。

“闭嘴，你这骚货，”哈里说。“到后面来，弗雷迪。”

蜜蜂嘴在后面，等在桌子旁。

“你好，大亨，”他跟哈里说。

“闭嘴，”哈里说。

“听着，”弗雷迪说。“别拌嘴了。你不能那样用脏话骂我的顾客。你不能在这样一个正派的酒馆里骂一位太太骚货。”

“是个骚货，”哈里说。“听到她跟我说了些什么吗？”

“得了，不管怎样，别当着她的面这么骂她。”

“好吧。你拿到钱了吗？”

“当然，”蜜蜂嘴说。“我干吗会拿不到钱？我不是说过我会拿到钱的吗？”

“咱们来点点数。”

蜜蜂嘴把钱递过去。哈里数了数，十张一百块的，还有四张二十块的。

“应该是一千二。”

---

① 布鲁克林(Brooklyn)：美国纽约市的一个区。

“扣去我的佣金，”蜜蜂嘴说。

“听我说，拿出来。”

“不行。”

“拿吧。”

“别不讲道理。”

“你这个下流的小气鬼。”

“你这大恶霸，”蜜蜂嘴说。“别动坏脑筋，想用强横手段从我手里硬把钱拿走，因为我没有带到这儿来。”

“我明白了，”哈里说。“我原该想到的。听着，弗雷迪。你认识我好久了。我知道船值一千二。这就是说，还缺一百二。收下钱吧，只能为一百二和租金冒冒险了。”

“那是三百二十元呢，”弗雷迪说。要他决定拿这个数字冒险，他好不痛苦，所以他在盘算的时候，直淌汗。

“我家里还有一辆汽车和一个收音机，抵得上这个数目的。”

“我可以为这笔交易写一份凭证，”蜜蜂嘴说。

“我不要什么凭证，”弗雷迪说。他又在淌汗了；他说话的声音犹犹豫豫。接着他说：“好吧。我冒一回险。不过，看在基督分上，小心照看那艘船，行不行，哈里？”

“就像它是我自己的一样。”

“你丢掉了你自己的，”弗雷迪说，仍然在淌汗，他的痛苦这会儿被对那件事情的记忆加强了。

“我会小心照看它的。”

“我会把钱放在银行里我的保险箱内，”弗雷迪说。

哈里望着蜜蜂嘴。

“那是个好地方，”他说，龇牙咧嘴地笑了。

“酒吧间服务员，”有人在前面喊叫。

"是叫你，"哈里说。

"酒吧间服务员，"声音又传来了。

弗雷迪走出房间，到前面去。

"那个人侮辱我，"哈里可以听到那尖嗓子在说话，可是他在跟蜜蜂嘴谈话。

"我会把船停在这条街前面的码头上。离这儿不到半条横马路。"

"行。"

"就这样。"

"好吧，大亨。"

"别管我叫大亨。"

"不过，你还是喜欢。"

"我从四点起就会在那儿。"

"还有别的什么事儿？"

"他们得用强硬手段制服我，懂吗？我对这事儿什么也不知道。我正在摆弄发动机。我在船上没有准备一点儿出门用的东西。我从弗雷迪那儿租船是为了供人钓鱼。他们得拿着手枪逼着我开船；他们还得斫断缆绳。"

"弗雷迪那方面怎么办？你租他的船并不是去钓鱼。"

"我会告诉弗雷迪的。"

"你还是不说的好。"

"我会的。"

"你还是不说的好。"

"听着，自从大战[①]以来，我就跟弗雷迪一起做买卖。我两次

---

① 指第一次世界大战。

跟他合伙；我们从来没有发生过纠纷。你知道我为他经手过多少货。在这个小城里，只有他这个狗娘养的我愿意信任。”

“任何人我都不愿信任。”

“你是不愿意。你有了那些经历以后，是不会愿意的。”

“别谈我。”

“好吧，去见你那帮朋友吧。你的借口是什么？”

“他们是古巴人。我在路边餐馆的门前遇见他们的。其中有一个要兑现一张保付支票。这有什么不对头？”

“你没有察觉什么吗？”

“没有。我告诉他们在银行见我。”

“谁给他们开车？”

“坐出租汽车。”

“开车的会认为他们是什么人，小提琴手吗？”

“我们会找一个不想的。在这个小城里，多的是不会想的人。瞧，艾佐兹就是。”

“艾佐兹挺机灵。他只是说话滑稽罢了。”

“我要他们找一个蠢头蠢脑的。”

“找一个没有孩子的。”

“他们都有孩子。什么时候见过一个没有孩子的开出租汽车的？”

“你这该死的坏种。”

“我从来没有杀过人。”蜜蜂嘴跟他说。

“你也永远不会。来吧，让咱们离开这儿。只要跟你待在一起，就叫我恶心。”

“也许是你叫人恶心。”

“你能从谈话中发现他们吗？”

"你不能把你的嘴糊上纸吗？"

"那就糊上你的嘴吧。"

"我要去喝一杯了，"哈里说。

三个游客坐在外间前面的高圆凳上。哈里走到酒吧柜前的时候，那个女人转过脸去不看他，表示厌恶。

"你要什么酒？"弗雷迪问。

"那位太太喝什么？"哈里问。

"自由古巴①。"

"那给我来杯纯威士忌。"

那个留着浅棕色小胡子、戴着厚镜片眼镜的高个子游客，把他那张直鼻梁的大脸向哈里伸过去，说："嗨，你这么跟我太太说话是什么意思？"

哈里把他上上下下地打量了一番，跟弗雷迪说："你经营的是哪一种酒馆？"

"它怎么样？"高个子说。

"别发火，"哈里跟他说。

"你跟我玩这一套可不行。"

"听着，"哈里说。"你上这儿来是休养和强身的，对不对？别发火。"接着他走出去了。

"我该揍他的，我想，"那个高个子游客说。"你怎么想，亲爱的？"

"我希望我是个男人，"他妻子说。

---

① 自由古巴（Cuba Liber）：一种用朗姆酒、酸橙汁和可口可乐调制的鸡尾酒。

“那么壮实的身体，你对付不了的，”那个戴有绿遮阳帽舌的帽子的男人对着他的啤酒说。

“你在说什么？”高个子问。

“我说，你可以查到他的姓名和地址，写一封信给他，告诉他你对他的想法。”

“嗨，不管怎么说，你叫什么名字？你在干什么，拿我开玩笑吗？”

“管我叫麦克沃尔赛教授好了。”

“我叫劳顿，”高个子说。“我是作家。”

“我为见到你感到高兴，”麦克沃尔赛教授说。“你经常写作吗？”

那个高个子四面张望。“咱们离开这儿吧，亲爱的，”他说。“人人不是侮辱人，就是胡说八道。”

“这是个奇怪的地方，”麦克沃尔赛教授说。“确实迷人。人们管它叫美国的直布罗陀；它在埃及的开罗南面三百七十五英里。这地方是它的一部分，可是现在我有时间来看看的只有这一部分。不过，是个好地方。”

“我明白了，你确实是位教授，”那太太说。“你知道，我喜欢你。”

“我也喜欢你，宝贝儿，”麦克沃尔赛教授说。“不过，现在我得走了。”

他站起身来，走出去找他的自行车。

“这儿的人个个是疯子，”高个子说。“咱们再来一杯怎么样，亲爱的？”

“我喜欢那教授，”那位太太说。“他的风度优美。”

“另一个家伙——”

"啊，他的脸相长得美，"那位太太说。"像个鞑靼人，或者像那种跟鞑靼相近的人。我希望他别老是侮辱人。他的脸看起来有点像成吉思汗[①]。哟嚯，他个儿真大。"

"他只有一条胳膊，"她丈夫说。

"我没有注意，"那位太太说。"咱们再来一杯怎么样？我拿不准下一个是谁来！"

"也许是帖木儿[②]，"做丈夫的说。

"哟嚯，你受过教育，"那位太太说。"不过，那位像成吉思汗的我就心满意足了。干吗那位教授喜欢听我说胡吣呢？"

"我不知道，亲爱的，"作家劳顿说。"我再怎么也不知道。"

"他看来似乎喜欢我这个人的真面目，"那太太说。"唷，他真棒。"

"你可能会再见到他的。"

"你任何时候上这儿来，都会看到他的，"弗雷迪说。"他住在这儿。他到现在为止已经住了两礼拜了。"

"那另一个说话那么粗鲁的人是谁？"

"他？啊，他是住在这一带的一个家伙。"

"他是干什么的？"

"啊，什么都干一点儿，"弗雷迪跟她说。"他是个捕鱼的。"

"他是怎么丢掉一条胳膊的。"

"我不知道。反正他那条胳膊受了伤。"

"哟嚯，他真美，"那位太太说。

---

① 成吉思汗(Gengis Khan，1162—1227)：名铁木真，蒙古汗国创建人，元朝建立后，被追尊为元太祖。

② 帖木儿(Tamerlane，1336—1405)：帖木儿帝国创建者，突厥化的蒙古贵族出身，暴卒于东侵中国途中。

弗雷迪笑了。“我听说过别人对他有许多说法，可从来没有听说过这么说他的。”

“你不以为他的脸相长得美吗？”

“别生气，太太，”弗雷迪跟她说。“他的脸长得好像一块火腿上长着一个断鼻梁的鼻子。”

“唷，男人真蠢，”那位太太说。“他是我梦中的情人。”

“他是恶梦中的情人，”弗雷迪说。

在这段时间里，那位作家坐在那儿，除了他在赞赏地望着他妻子的时候的表情外，脸上总是呈现出一副蠢相。不管是谁，只要娶了个那种模样的老婆，他就不得不做作家，或者联邦应变救济署的人员了，弗雷迪想。上帝啊，她不是糟透了吗？

就在这时候，艾伯特走进来了。

“哈里在哪儿？”

“在码头上。”

“谢谢，”艾伯特说。

他走出去；那位太太和作家继续坐在那儿；弗雷迪呢，站在那儿，担心那艘船，还想着他整天站着，两条腿受到的伤害可着实不小。他在水泥地上放上一个格栅垫，可是看来没有多大用处。他的两条腿一直在痛。不过，他做的是桩好买卖，不比这个城里哪一个的差，而且酒馆的管理费比较低。那个女人确实蠢头蠢脑。是哪一种男人居然会挑中一个这样的女人共同生活的？哪怕你闭上了眼也不至于要啊，弗雷迪想。勾勾搭搭也犯不上嘛。可他们还是在喝混合饮料。价钱贵的饮料。反正这是好事嘛。

“是，先生，”他说。“马上来。”

一个脸晒得黑黢黢、头发浅棕色、体型挺好的男人走进来，他穿着捕鱼人的条子衬衫和卡其短裤，带着一个漂亮的深色皮肤姑娘；她穿着白色的薄羊毛套衫和深蓝色宽松长裤。

“唷，这不是理查德·戈登吗，”劳顿说，站起身来，“还有可爱的海伦小姐。”

“你好，劳顿，”理查德·戈登说。“你看到过一个有点儿像醉鬼的教授在这儿逗留过吗？”

“他刚出去，”弗雷迪说。

“你要来杯苦艾酒[①]吗，亲爱的？”理查德·戈登问他妻子。

“你也要的话，行，”她说。接着，对劳顿两口子说：“你们好。”“给我的那杯要两份法国苦艾酒兑一份意大利苦艾酒，弗雷迪。”

她坐在高圆凳上，两条腿缩在身子底下，望着外面街上。弗雷迪赞赏地望着她。他认为，她是那年冬天基韦斯特岛上最漂亮的外地人。甚至比大名鼎鼎的美人布拉德利太太更漂亮。布拉德利太太有一点儿发胖了。这姑娘长着可爱的爱尔兰人的脸，深色的鬈发几乎披到肩膀上，皮肤光洁。弗雷迪望着她拿着酒杯的棕色的手。

“写得怎么样？”劳顿问理查德·戈登。

“我工作得挺顺利，”戈登说。“你干得怎么样？”

“詹姆斯不干活儿，”劳顿太太说。“他光是喝酒。”

“嗨，那个麦克沃尔赛教授是干什么的？”劳顿问。

“啊，他算是个经济学教授，我想，在度休假年[②]或者这一类假期。他是海伦的朋友。”

“我喜欢他，”海伦·戈登说。

“我也喜欢他，”劳顿太太说。

---

① 苦艾酒(vermouth)：又名味美思，下文所说的法国苦艾酒，无甜味；意大利苦艾酒，有甜味。两种苦艾酒都大量用于鸡尾酒。

② 美国大学中每隔 7 年一次的、长达一年的带薪假。

"我先喜欢他，"海伦·戈登快活地说。

"啊，归你就是，"劳顿太太说。"你们这些漂亮的小姑娘总是得到你们想要的。"

"这就是使我们这么美好的原因，"海伦·戈登说。

"我再要一杯苦艾酒，"理查德·戈登说。"来一杯？"他问劳顿两口子。

"干吗不，"劳顿说。"嗨，明天布拉德利两口子举行的大型舞会你去吗？"

"他当然去喽，"海伦·戈登说。

"你知道，我喜欢她，"理查德·戈登说。"她作为一个女人和一个社会现象都使我感兴趣。"

"哟嚯，"劳顿太太说。"你能跟那位教授一样，说起话来显出受过教育的派头。"

"别得意扬扬地显示你的缺乏教育，亲爱的，"劳顿说。

"难道人们跟一个社会现象上床睡觉吗？"海伦·戈登问，望着窗外。

"别胡说八道，"理查德·戈登说。

"我的意思是说，这是一个作家必要的工作的一部分吗？"海伦问。

"一个作家必须什么都知道，"理查德·戈登说。"他不能把他的经历限制在符合中产阶级的标准内。"

"啊，"海伦·戈登说，"那么做作家的妻子要干些什么呢？"

"多得很，我想，"劳顿太太说。"嗨，你应该看到那个刚到这儿来过、侮辱了我和詹姆斯的人。他棒极了。"

"我应该揍他的，"劳顿说。

"他真的棒极了，"劳顿太太说。

“我要回家了，”海伦·戈登说。“你走吗，迪克[①]？”

“我想，我倒愿意在热闹的地区坐一会儿，”理查德·戈登说。

“是吗？”海伦·戈登说，望着弗雷迪的脑袋后面的镜子。

“是的。”理查德·戈登说。

弗雷迪望着她，猜想她快要哭出来了。他希望这事儿别发生在酒馆里。

“你不要再来一杯吗？”理查德·戈登问她。

“不。”她摇摇头。

“嗨，你怎么啦？”劳顿太太问。“你不是玩得挺愉快吗？”

“愉快极了，”海伦·戈登说。“不过，我想，我还是回家去的好。”

“我很快会回来的，”理查德·戈登说。

“别不放心，”她跟他说。她走出去。她没有哭。她也没有找到约翰·麦克沃尔赛。

---

① 迪克(Dick)：理查德的昵称。

第十六章

哈里·摩根在码头上开汽车，车从停泊着那艘船的地方旁边一路开过去，看到附近一个人没有，抬起他的前座，把那个扁扁的、有网纹的、尽是油污的匣子拖出来，扔进游艇的驾驶舱。

他自己也进舱去，打开发动机盖，把盛那支冲锋枪的匣子放在下面看不见的地方。他旋开汽油阀门，发动了两个引擎。右舷的引擎几分钟后就平稳地运转了，可是左舷那个引擎的第二个和第四个汽缸发动不起来，接着他发现火花塞断裂了，就寻找几个新的火花塞，可是没有找到。

“得去换火花塞和加油，”他想。

他在下面那些发动机中间，打开冲锋枪匣，把枪柄装在枪上。他找到两条散热箱上用的风扇皮带和四颗螺钉，在皮带上割了几个口子，在引擎盖左面驾驶舱的地板下面做了一个托枪用的吊带圈；就在左舷引擎上面。枪搁在那儿，慢悠悠地摇晃；接下来，他从放在匣子的网纹袋中的四个子弹夹中取出一个，猛地推到枪中。他跪在两边的引擎中间，伸手抓住枪。只要做两个动作。第一个是解开就在枪机后面的绕着机匣的那条搭扣带。接着是把枪从另一个带圈里抽出来。他试了试，用一只手就毫不困难地抽了出来。他把小小的控制杆一直推到头，从半自动推到自动，然后检查了保险栓，肯定是上好了。然后，他又把枪系好。他想不出把那些另外的子弹夹放在哪儿；所以他把匣子推到一个汽油柜下面；他一伸手就能拿到，子弹夹的底头对着他的手。在我们出发以前，我要是能先下来一次的话，就能在衣袋里放上两夹，他想。还是不放的好，免得出什么事儿，把那该死的东西震得从衣袋里掉出来。

他站起身来。这是一个美好、晴朗的下午，舒适，不冷，有微微的北风。这确实是个好下午。正在退潮；两只鹈鹕蹲在航道边的木桩上。一艘捕石鲈的船，漆成深绿色，噗噗噗地一路开着，向鱼市场开过去；那个捕鱼的黑人坐在船尾，掌握着舵柄。哈里的眼光越过水面望出去；海水在顺着潮水吹的风吹拂下，一片平静，映照在下午的阳光中，呈现出一片灰蓝色；他一直看到那座在挖掘航道的时候形成的浅棕色岛上，岛上有工人的营地。岛的上空，飞翔着白色的海鸥。

“会有一个漂亮的夜晚，”哈里想。“会有一个漂亮的横渡海湾的夜晚。”

他在下面引擎中间忙乎，有点冒汗，所以他直起身子，用一团纱头擦擦脸。

艾伯特在码头上。

“听着，哈里，”他说。“我希望你会带上我干。”

“你现在怎么啦？”

“他们眼下快要只给我们一礼拜三天的救济活儿了。我今天早晨才听到这事儿。我非得干点活儿不可。”

“好吧，”哈里说。他刚才又考虑过了。“好吧。”

“这敢情好，”艾伯特说。“我害怕回家去看到我老婆子。她今天中午冲我大骂，好像是我减少了救济活儿似的。”

“你的老婆子怎么啦？”哈里快活地问。“你干吗不揍她？”

“你去揍她吧，”艾伯特说。“我倒喜欢听到她会说些什么。她这个女人说起话来真厉害。”

“听着，阿尔，”哈里跟他说，“坐我的车，带着这，去海军五金铺买六个像这个一样公制的火花塞。然后，去买一块两毛钱的冰和半打鲻鱼。买两罐咖啡、四罐咸牛肉、两个大面包、一点儿糖和两罐炼乳。在辛克莱的加油站前停一下，通知他们上这儿来，给船加一百五十加仑汽油。尽快赶回来，把左舷引擎从惯性轮倒数起的第二个和第四个火花塞换掉。告诉他们，我回来后会付账的。他们可以等我上他们那儿去付账，也可以上弗雷迪的酒馆里找我。这些话你能都记住吗？咱们要带一伙人出海去找大海鲢，明天早晨钓鱼。”

“钓大海鲢，天气可太冷了，”艾伯特说。

“那伙人说不冷，”哈里告诉他。

“我不是买一打鲻鱼更好吗？”艾伯特问。“万一狗鱼[①]把它们扯碎呢？在那些航道里，眼下，狗鱼多得很。”

“行，就买一打。不过，一个钟头内要赶回来，而且要他们来加上汽油。”

“你干吗要加这么多汽油。”

“咱们的船可能要从早开到晚，没有时间加油。”

“那些要坐船的古巴人有什么情况？”

“没有再听到他们的动静。”

“那是桩好活儿。”

“这也是桩好活儿。行啦，走吧。”

“干这活儿会给我多少钱？”

“五块一天，”哈里说。“你要不想干的话，那就别干。”

“好吧，”艾伯特说。“什么样的火花塞？”

“从惯性轮倒数起，第二个和第四个，”哈里告诉他。艾伯特

---

① 狗鲨的别名。

点点头。“我想，我能记住，”他说。他坐上汽车，拐了个弯，向街上开去。

从哈里站在船上的地方，他可以看到第一州立信托和储蓄银行那幢砖石结构的建筑物和正面入口处。只离开街的尽头一条横马路。他看不见侧面入口处。他看看他的表。两点过一点儿。他关上发动机舱盖，来到甲板上。嘿，现在就要出事了，要不，就没事儿了，他想。我现在已经把能干的事儿都干了。我要去跟弗雷迪见面，然后赶回来等着。他离开码头后，向右拐弯，从一条偏僻的街上走过去，这样，他就不必经过那家银行了。

第十七章

在弗雷迪的酒馆里，他想要把事情告诉他，可是他办不到。酒吧间里，一个人也没有；他坐在高圆凳上，想要告诉他，可是不可能。他打算告诉他了，可是他知道弗雷迪会受不了的。从前，也许行，可是现在不行。也许从前也不行。在他想到把事情告诉弗雷迪的时候，他才察觉到他的处境有多么糟。我可以干脆待在这儿，他想；那么什么事情也不会有。我可以干脆待在这儿，喝上几杯，变得高兴起来；那我也不会陷在这事儿内。只是我的枪在船上。不过，没有人知道那是我的，除了我的老婆子外。那是我在贩卖别的东西出门到古巴去的时候买下的。没有人知道我买了那玩意儿的。我现在可以待在这儿，我就会摆脱陷在这事情里。可是她们靠什么吃呢？从哪儿弄来钱养活玛丽和那几个姑娘呢？我已经没有船，没有现金，又没有学历。一个一条胳膊的能干什么工作呢？我只有胆子好贩卖。我可以干脆待在这儿，再喝上，譬如说，五杯酒，那么一切都会过去了。那么一切都发生过了。我可以干脆让它悄悄地过去，什么也不干。

“给我来一杯，”他跟弗雷迪说。

“好。”

我可以卖掉房子；我们可以租房，直到我找到一份好工作。哪种工作？哪种工作也没有。我现在可以到银行去告密，那我会得到什么呢？谢谢。当然喽。谢谢。一伙古巴政府的狗杂种发现我运一批酒，向我开了枪，打断了我的一条胳膊，可他们压根儿用不着开的；另一伙美国人扣了我的船。嘿，我可以放弃我的家，而得到谢谢。不要什么谢谢，让谢谢见鬼去吧，他想。我对这件事情没有选择的余地。

他想要告诉弗雷迪，这样就会有个人知道他要去干什么了。可是他不能告诉，因为弗雷迪会受不了的。他眼下挣很多的钱。白天，这儿人不多，可是每天夜晚，酒馆里挤满了人，一直要到两点钟人才散。弗雷迪的处境不困难。他知道他会受不了的。我不得不独自个儿干，他想，带着那个可怜巴巴的、该死的艾伯特。基督，他看上去甚至比在码头上更饿。有一些本地佬哪怕活活饿死，也的确不会去偷的。在这个小城里，很多人的肚子眼下饿得咕噜咕噜直叫。可是他们从来没有采取过什么行动。他们情愿每天稍微挨一点儿饿。他们一生下来，就开始挨饿。他们当中有些人。

“听着，弗雷迪，”他说。“我要两夸脱酒。”

“什么酒？”

“巴卡迪。”

“行。”

“拔掉软木塞，行不？你知道我要把几个租船的古巴人送过海湾。”

“这你跟我说过。”

“我不知道他们什么时候出发。也许是今夜。我还没有得到通知。”

“船随时可以启航。你要是今夜横渡海湾的话，那是遇上了好天气。”

“他们今天下午说是去钓鱼。”

“船上有索具，要是鹈鹕没有把它偷走的话。”

“它还在那儿。”

“好吧，旅途愉快，”弗雷迪说。

“谢谢。给我再来一杯，好不？”

“要什么？”

“威士忌。”

“我想，你刚才一直在喝巴卡迪。”

“我要是横渡海湾的时候着了凉的话，会喝那玩意儿的。”

“你在横渡的时候一路上都会是顺风，”弗雷迪说。“我也会喜欢今夜去横渡的。”

“今夜准是个美好的夜晚。咱们再来一杯，好不？”

就在这时候，那个高个子游客和他的妻子进来了。

“那不是我的梦中情人吗，”她说，坐在哈里身旁的高圆凳上。

他向她瞅了一眼，站起身来。

“我会回来的，弗雷迪，”他说。“我到船上去，说不准那些人要去钓鱼。”

“别走，”那位太太说。“请别走。”

“你真滑稽，”哈里跟她说，接着走出去。

理查德·戈登走在街上，向布拉德利那幢冬天避寒的大房子赶去。他希望布拉德利太太独自个儿待着。她会的。布拉德利太太不但收藏作家们的书，而且也收藏他们。理查德·戈登还不知道这情况。他自己的妻子正在回家去，顺着沙滩一路走着。她没有碰到约翰·麦克沃尔赛。也许他会经过那幢房子。

第十八章

艾伯特在船上；汽油已经加满了。

“我来把船发动起来，试试那两个汽缸的点火情况怎样。”哈里说。“你去把东西都放好，行不？”

“行。”

“然后，切一些鱼饵。”

“你要阔鱼饵？”

“对。用来钓大海鲢。”

艾伯特坐在船尾切鱼饵；哈里呢，在舵轮前预热发动机，这时候，他听到一个响声，像发动机回火的声音。他向下面街上望去，只见一个人从银行里出来。他手里拿着枪，奔跑着过来。接着，他看不见了。又有两个人出来，手里拿着公文皮包和枪，向同一个方向奔跑。哈里望到艾伯特在忙着切鱼饵。第四个人，那个大个子，把汤姆生式冲锋枪端在胸前，一边张望，一边走出银行门；他退出那扇门的时候，银行里的警报器响起长长的、叫人胆战心惊的尖啸；接着哈里看到那支冲锋枪的枪口在跳-跳-跳-跳，听到噗-噗-噗-噗声，在警报器的刺耳的尖啸中一阵小小的、空洞的声音。那人转过身子奔跑，在银行门外停住脚，又开了一阵火；艾伯特在船尾站起身来，说：“基督，他们在抢银行。基督，咱们能干些什么呢？”哈里听到那辆福特牌出租车从偏僻的小街上开出来，看到歪歪斜斜地向码头开来。

三个古巴人坐在后座；一个坐在驾驶员身旁。

“船在哪儿？”有个人用西班牙语大叫。

“那儿，你这蠢货。”另一个人说。

“那不是船。”

“那是船长。”

“来啊。看在基督份上，来啊。”

“下车，”那个古巴人跟驾驶员说。“举起手来。”

等那个驾驶员一站到汽车旁，他抽出一把刀来，插进他的皮带，使劲乱割，割断皮带，又把他的裤子划了一个几乎裂到膝盖的口子。他把裤子拉到脚板上。“站着别动，”他说。那两个提着皮包的古巴人把包扔进游艇的驾驶舱；接着，他们都磕磕绊绊地上了船。

“出发，”有一个说。那个大个子用冲锋枪顶着哈里的脊背。

“开船，船长，”他说。“咱们走。”

“别慌，”哈里说。“把这玩意儿向别处指。”

“解开那些缆绳，”那大个子说。“你！”向艾伯特。

“等一下，”艾伯特说。“别开船。这些人是抢银行的强盗。”

那个个子最大的古巴人转过身子，把冲锋枪一挥，对准艾伯特端着。“嗨，别！别！”艾伯特说。“别！”

离他的胸膛那么近开火，子弹猛地打进去，就像三下狠揍似的。艾伯特慢腾腾地跪在地上，眼睛睁大，嘴巴张开。他看上去好像仍然试图说：“别！”

“你用不着伙伴，”大个子古巴人说。“你这一条胳膊的狗娘养的！”然后，用西班牙语说：“用鱼刀割断那些绳索。”接着，用英语说：“来吧。咱们走。”

然后，用西班牙语说：“用枪顶住他的脊背！”然后用英语说：“来吧。咱们走。我会崩掉你的脑袋的。”

“咱们会走的。”哈里说。

一个相貌像印第安人的古巴人拿着一把手枪对准他的断胳膊的一面。枪口几乎碰到铁钩。

他一边用他那条好胳膊旋转舵轮，把船向外开去，一边望船尾，注意经过一根根桩子的时候的空隙，看到艾伯特跪在船尾上；这会儿，他的脑袋倒在一边了，泡在一摊鲜血中。码头上，停着那辆福特出租车；那个胖驾驶员穿着内裤，长裤褪在脚踝子上，双手举过脑袋，嘴张大着，张得跟艾伯特的一样大。仍然没有人在街上赶来。

码头上的桩子，随着船开出内港，一根根移过去，接着他开进了航道，正在开过灯塔。

“干啊，推上排挡，”大个子古巴人说。“开快点。”

“把枪拿开，”哈里说。他在想，我可以把船撞在龙虾滩上，可是没错儿，那个古巴人准会把我给崩了。

“开船，”那个大个子古巴人说。然后，用西班牙语说：“大家伙儿趴平。一直把枪对准船长。”他趴倒在船尾上，把艾伯特平拖进驾驶舱。这时候，另外三个人已经趴平在驾驶舱里了。哈里坐在驾驶座上。他向前望着，正在把船开出河道，这会儿正经过开阔地带，进入后备基地，那儿有给游艇发通知的布告板和绿色闪光交通信号，船开出了防波堤，这时候经过要塞了，经过红色闪光交通信号；他回头望。那个大个子古巴人从衣袋里掏出一个盛子弹的绿色纸盒，在装弹夹。那支枪平放在他身旁；他呢，在装弹夹，没有望他们，凭感觉在装，看着后面船尾。其他的人都看着船尾，只有那个监视他的人除外。那个人，两个印第安人长相的人当中一个，用手枪向他指指，要他向前看。还没有船从后面向他们撵上来。发动机运转平稳；他们顺着潮流移动过去。他注意到他经过浮标的时候，由于潮流在它的底部打旋，它沉重地向海里倾斜。

有两艘快艇能撵上我们，哈里在想。一艘，是雷的，在运送马泰孔勃来的邮件。另一艘在哪儿？几天前，我看到在埃德·泰勒的船台上，他在查。那一艘，我想到过让蜜蜂嘴去租。另外还有两艘，这时候，他记起来了。州公路局有一艘在各岛间航行。另一艘停泊在驻防部队的海湾里。我们现在开了有多远了？他回头看，看那要塞落在船尾好远的地方，在海军船坞的建筑物上空开始出现老邮局的红色建筑物，还有这会儿已经耸立在小城短短的地平线上空的那幢旅馆的黄色建筑物。要塞那儿的小海湾；灯塔呈现在一溜儿向那幢过冬避寒的大旅馆延伸的房子上空。反正有四英里远，他想。他们在赶来了，他想。两艘白色捕鱼船正在绕过防波堤，向我们开过来。它们一个钟头开不了十英里，他想。真可怜。

那些古巴人用西班牙语叽叽呱呱地说着。

"你能开多快，船长？"那个大个子说，从船尾回头望。

"约摸十二英里，"哈里说。

"那两艘船能开多快？"

"也许十英里。"

他们这会儿都在看那两艘船，甚至那个应该一直监视他哈里的人。不过，我能干什么呢？他想。还什么也没法干。

那两艘白船没有越来越大。

"瞧那儿，罗伯托，"那个说话文雅的人说。

"哪儿？"

"瞧！"

在后面很远的地方，远得你几乎看不见，水面上喷起一道细小的水柱。

"他们在向咱们开枪，"那个说话讨人喜欢的人说。"真蠢。"

“天啊，”那个大脸膛的说，“在三英里外。”

“四英里，”哈里想，“足足有四英里。”

哈里可以看到一道道小小的水柱喷出平静的水面，可是他听不见枪声。

“那些本地佬真可怜，”他想。“他们真次。他们尽出洋相。”

“是政府哪个部门的船，船长？”那个大脸膛的把眼光从船尾移开去。

“海岸警卫队。”

“它能开多快？”

“也许十二英里。”

“这么说，现在咱们没事儿了。”

哈里没有回答。

“那么，咱们还不能说没事儿吧？”

哈里没有说话。他一直把越来越高、越来越阔的桑德礁的尖顶保持在他左边，而小小的桑德礁上的栅栏柱显得几乎跟船的右舷[1]成直角。十分钟后，他们就会经过礁石了。

“你怎么啦？你没法说话了吗？”

“你刚才问我什么？”

“现在还有什么能撵上咱们吗？”

“海岸警卫队的飞机，”哈里说。

“我们进城以前，割断了电话线，”那个说话讨人喜欢的人说。

“你没有割断无线电的线吧，对不？”哈里问。

“你想飞机能来到这儿？”

---

① 按上文看似应是左舷，但原文是右舷。

“你在天黑以前，随时有可能遇上它，”哈里说。

“你在想什么，船长？”罗伯托，那个大脸膛的人问。

哈里不回答。

“喂，你在想什么？”

“你干吗让那个狗娘养的杀死我的伙伴？”哈里跟那个站在他身旁望着罗经航向的、说话讨人喜欢的人说。

“闭上嘴，”罗伯托说。“也要把你杀了。”

“你们弄到了多少钱？”哈里问那个说话讨人喜欢的人。

“我们不知道。我们还没有数。反正那不是我们的。”

“我想不是的，”哈里说。这会儿，他已经开过灯塔了；他把船定在225°，他开往哈瓦那的固定航向。

“我的意思是说，我们干这事儿不是为我们自己。为了一个革命组织。”

“你们杀我的伙伴也是为那个组织？”

“我很抱歉，”那个年轻人说。“我没法向你表明，我对这事儿有多难受。”

“别白费劲了，”哈里说。

“你瞧，”那年轻人说，说得心平气和，“这个罗伯托叫人受不了。他是个好革命分子，可是叫人受不了。他在马查多[①]统治时期杀了这么许多人，使他变得喜欢杀人了。他认为杀人有趣。当然啦，他是为了正义的事业杀人。最正义的事业。”他回头看罗伯

---

① 马查多(Gerardo Machado y Morales, 1871—1939)：1895年至1898年中古巴独立战争中的英雄。战争结束后，他务农经商，但仍活跃于政界。1924年，当选总统。1928年再次当选总统。为了对付因糖价下跌造成的经济萧条，他制定了一项庞大的工程计划，但是被人指责为损公肥私。1928年，再次当选总统，实行独裁统治。1933年，引起大罢工。军队也要求他下台。8月12日，他被迫流亡，未再回国。

托；这会儿，罗伯托坐在船尾一张钓鱼椅上，汤姆生式冲锋枪横放在膝盖上，回头望那两艘白船；哈里看到，船这会儿小得多了。

“你有什么喝的？”罗伯托从船尾上大声说。

“什么都没有，”哈里说。

“那么，我喝自己的，”罗伯托说。另一个古巴人躺在安置在油柜上面的一张椅子上。看来他已经晕船了。另一个明摆着也晕船了，不过仍然坐着。

哈里回头看，看到一艘铅灰色的船，这会儿通过了要塞，正在撵上两艘白船。

“那是海岸警卫队的船，”他想。“它也挺可怜。”

“你认为水上飞机会来吗？”那个说话讨人喜欢的年轻人问。

“半个钟头以后天就黑了，”哈里说。他在驾驶椅上坐坐舒服。“你们打算怎么办？杀了我？”

“我不想这么干，”那个年轻人说。“我讨厌杀人。”

“你要干什么？”罗伯托问；这会儿，他手里拿着一品脱威士忌。“跟船长做朋友？你想干什么？在船长家里吃饭？”

“掌握着舵轮，”哈里跟那个年轻人说。“注意航向。二二五。”他从椅子上站起身子，向船尾走去。

“让我来一口，”哈里跟罗伯托说。“那是你们的海岸警卫队的船，可是它撵不上咱们。”

这会儿，他已经把愤怒、憎恨和尊严都抛开了，已经在开始计划了。

“当然喽，”罗伯托说。“它撵不上咱们。瞧那些晕船的毛孩子。你说什么？你要喝一口？你有任何其他最后的愿望吗，船长？”

“你这人真会开玩笑，”哈里说。他大大地喝了一口。

“悠着点儿，”罗伯托抗议。“就这么一点了。”

“我还有一点儿，”哈里告诉他。“我刚才是哄你的。”

“别哄我，”罗伯托将信将疑地说。

“我干吗要尝试呢？”

“你有什么酒？”

“巴卡迪。”

“拿出来。”

“别急，”哈里说。“你干吗这么硬邦邦的？”

他向前走的时候，跨过艾伯特的尸体。他来到舵轮前，望着罗盘仪。那个年轻人使航向歪了约摸二十五度光景；罗盘仪的刻度盘在摇摆。他不是海员，哈里想。这使我有比较多的时间。瞧船尾的波痕。

波痕是两道向亮光伸过去的冒着水泡的弧形的痕迹；这时候，亮光已经移到船尾，在水面上呈现棕色，圆锥形和淡淡的格子纹。那些船几乎看不见了。他只能看到模模糊糊的一团，那儿是城里的那些无线电杆。引擎顺利地运转着。哈里低下头，去摸一瓶巴卡迪。他提溜着酒瓶，向后面走去。在船尾上，他喝了一口，然后把酒瓶递给罗伯托。他站着，低下头望艾伯特，胃里感到难受。这个可怜的、挨饿的杂种，他想。

“怎么啦？他吓着你了？”那个大脸膛的古巴人问。

“咱们把他撂掉吧，你看怎么样？”哈里说。“没有道理带着他走。”

“行，”罗伯托说。“你的话有道理。”

“你抓住他的胳肢窝，”哈里说。“我来抓住他的两条腿。”罗伯托把他的汤姆生式冲锋枪放到宽阔的船尾上，弯下身去，抓住两个肩膀，拉起尸体。

“你知道，世界上最沉的东西是死人，”他说。“你以前搬过死人吗，船长？”

“没有，”哈里说。“你搬过大个子死女人吗？”

罗伯托拉起尸体，往船尾走去。“你是条硬汉子，”他说。“咱们来一口，怎么样？”

“往前走，”哈里说。

“听着，我为杀了他感到难受，”罗伯托说。“我杀你的时候，会更难受。”

“别这么说话，”哈里说。“你干吗要这么说话？”

“来啊，”罗伯托说。“送他上路吧。”

他们探出身去，把那具尸体从船尾上抬起，滑进海去的时候，哈里把那支冲锋枪从船边上踢下去。它跟艾伯特同时溅起一片浪花；不过，艾伯特在沉下去以前，在螺旋桨的搅动所引起的白色的、冒着泡沫的波浪的反吸力中，翻了两个身；那支枪呢，直截了当地沉了下去。

“这样好一点儿，呃？”罗伯托说。“拾掇得整整齐齐。”接着，他看到那支枪不见了，“它哪儿去了？你把它弄到哪儿去了？”

“弄什么？”

“那支 ametralladora[①]！”一激动，就说西班牙语了。

“什么？”

“你知道是什么？”

“我没有看到。”

“你把它从船尾上踢下去了。现在，我要杀了你，现在。”

“别发火，”哈里说。“你到底干吗要杀我？”

---

① 西班牙语，机关枪。

“给我一把枪，”罗伯托用西班牙语跟一个晕船的古巴人说。“快给我一把枪！”

哈里站在那儿，从来没有感到自己长得这么高、这么阔，感到汗珠从胳肢窝里滴下来，从身子两边淌下来。

“你杀人杀得太多了，”他听到那个晕船的古巴人用西班牙语说。“你杀死了那个船上的帮手。现在你要杀船长了。有谁会把咱们渡过海去？”

“别管他，”另一个说。“等咱们渡过去以后，才杀他。”

“他把冲锋枪踢下海去了，”罗伯托说。

“咱们拿到了钱？你现在干吗要一支冲锋枪。在古巴多的是冲锋枪。”

“我告诉你，你要是现在不杀了他的话，那就是犯错误，我告诉你。给我一把枪。”

“啊，闭嘴，你喝醉了。你每一回喝醉了酒，就要杀人。”

“来一口，”哈里说，眼光从湾流的灰色的滚滚的波涛上望过去，那儿滚圆的红太阳正接触水面。“瞧那个。等它完全沉到水面下，它就会变成明亮的绿色。”

“让它见鬼去吧，”那个大脸膛的古巴人说。“你以为你耍的花招成功了。”

“我会给你另外买一支的，”哈里说，“在古巴，那种枪只卖四十五美元一支。别发火。你现在没事了。现在不会有海岸警卫队的飞机来了。”

“我会杀了你的，”罗伯托说，上下打量着他。“你是有意这么干的。这就是你为什么要我抬那具尸体的原因。”

“你并不要杀我，”哈里说。“谁会把你们渡过海去呢？”

“我应该现在就杀了你。”

“别发火，”哈里说。“我要去看看引擎了。”

他打开舱口盖，走到下面去，拧紧两个填料箱上的油杯，摸摸发动机，用他的手碰碰汤姆生式冲锋枪的柄。还得缓一会儿，他想。不行，还是缓一会儿的好。基督啊，真幸运。艾伯特已经死了，这么处理他到底有什么不一样呢？免掉了他的老婆子给他下葬。那个大脸膛的杂种。那个杀人不眨眼的大脸膛的杂种。基督啊，我恨不得现在就宰了他。不过，我还是等一下的好。

他站起身子，爬上去，关上舱口盖。

“你在干什么啊？”他跟罗伯托说。他把手放在那个胖乎乎的肩膀上。那个大脸膛古巴人望着他，一声不吭。

“你看到海水变绿了吗？”哈里问。

“你见鬼去吧，”罗伯托说。他喝醉了，可是他还是怀疑；像一头野兽那样，他知道事情多么不对头。

“让我来开一会儿，”哈里跟坐在舵轮前的那个年轻人说。“你叫什么名字？”

“你可以管我叫埃米利奥，”那个年轻人说。

“下面去；你会找到一些吃的，”哈里说。“有面包和咸牛肉。煮点咖啡，要是你想要的话。”

“我一点不要。”

“待会儿，我去煮一点儿，”哈里说。他坐在舵轮前；这时候，罗经柜灯已经开亮了；在灯光中他轻松地按照罗经点让船在海上航行，放眼望去，看到夜色渐渐逼近水面。他没有开航行灯。

这将是一个漂亮的渡海的夜晚，他想，一个漂亮的夜晚。那最后的残霞一消逝，我就得把船往东开。要是我不这么干的话，再过一个钟头，我们就会看到哈瓦那耀眼的灯光。不管怎样，在两个钟头内。那个狗娘养的一看到耀眼的灯光，他就可能想到杀我。真幸运，解决了那支枪。他妈的，真幸运。不知道玛丽晚饭吃什么。我想，她担心得很。我想，她担心得晚饭都吃不下了。不知道那些杂种弄到了多少钱。真怪，他们没有数。嘿，这倒是为革命筹钱的极好的办法。古巴人可是叫人捉摸不透的民族。

那是个恶鬼，那个罗伯托。今夜，我要干掉他。不管其他的事儿有什么结果，我要干掉他。这对那可怜的、该死的艾伯特有什么用。把他这么扔掉叫我难受。我不知道是什么叫我想起了这事儿。

他点了一支烟卷，在黑暗中抽着。我干得不坏，他想。我干得比我预料的更好。那个小伙子倒是个好小伙儿。我希望我能让另外两个人待在同一边。我希望有个办法使他们两人挨在一起。嗯，我不得不尽最大的努力。我能越是容易地使他们受到惩治，越好。样样办得越是顺利，越好。

"你要来份三明治吗？"那个年轻人问。

"谢谢，"哈里说。"你给你的伙伴一份？"

"他在喝酒。他不要吃，"那个年轻人说。

"另外的人呢？"

"晕船，"那个孩子说。

"这是一个漂亮的渡海的夜晚，"哈里说。他注意到那个年轻人没有看罗经，所以他让船继续往东开。

"我会喜爱的，"那个年轻人说。"要不是出了你的伙计那事儿的话。"

"他是好人，"哈里说。"在岸上，有人受伤了吗？"

"那个律师。他的名字叫什么来着，西蒙斯。"

"被杀了吗？"

"我想是的。"

原来是这样，哈里想。蜜蜂嘴先生。他到底指望什么呢？他怎么能以为他不会给干掉呢？那是因为想要充硬汉的缘故。那是因为经常做事太聪明的缘故。蜜蜂嘴先生。再见。蜜蜂嘴先生。

“他怎么会被杀的？”

“我想你能料想得到，”那个年轻人说。“这跟你的伙计的事儿不一样。我对这事儿很难受。你知道，他并不是有意要为非作歹。只是革命的形势才使他不得不这样的。”

“我想，他也许是个好人，”哈里说，可心里想，听我的嘴在说什么啊。真他妈的，我的嘴还有什么话说不出。可是我得想方设法跟这个年轻人交朋友，万一……

“你们眼下在干的是哪一种革命？”他问。

“我们是唯一的真正的革命党，”那个小伙子说。“我们要消灭一切老朽的政客，消灭一切压制我们的美国帝国主义，消灭军队的暴虐统治。我们要公正地开始，给每个人一个机会。我们要结束guajiros——你知道，就是指白人农民——的奴役，把生产食糖的大种植园分给在其中干活儿的人们。可我们不是共产党人。”

哈里从罗经刻度盘上抬起头来望着他。

“你们是怎么进行的？”他问。

“咱们现在只是在为这场战斗筹钱，”那个年轻人说。“为了筹钱，我们不得不使用我们以后再也不会使用的手段。我们还不得不使用我们以后不会使用的人们。不过，为了达到这个目的，不择手段是值得的。人们在俄罗斯也不得不干过同样的事情。在革命以前，斯大林也干过许多年这种没本钱的买卖。”

他是个激进分子，哈里想。他就是这种人，激进分子。

“我想，你们有一个好纲领，”他说，“要是你们出来帮助工人的话。从前，我们在基韦斯特有几家雪茄烟厂的时候，我也参加过许多回罢工。我要是早知道你们是一伙怎样的人的话，会乐于干一切我力所能及的事情的。”

“许多人会帮助我们的，”那个年轻人说。“可是，由于眼下运动处于这种状态，我们不能信任别人。我对在眼下的形势下必须这么干深感遗憾。我讨厌恐怖主义。我对用这种方法筹必需的钱很难受。不过，没有别的选择。你不知道古巴的情况有多么糟糕。”

“我想情况很糟，”哈里说。

“你没法知道有多糟。十足地道的杀人不眨眼的暴虐统治在国内伸展到每一个小乡村。三个人不能一起上街。古巴没有外国敌人，不需要部队，可是眼下它有一支两万五千人的部队，而那支部队，从下士起，吮吸国民的鲜血。每个人，甚至列兵们也出来发横财。现在，他们有了一支后备部队，在其中收揽了从前马查多统治的时候的各种各样的坏蛋、暴徒和告密者；他们承担了部队不乐意插手的任何事情。我们在能开始干什么以前，不得不先解决这支部队。以前，我们被棍棒统治。现在，我们受步枪、手枪、机关枪和刺刀统治。”

“听起来挺糟糕，”哈里说，掌管着舵轮，让船往东开。

“你没法了解情况有多糟，”那个年轻人说。“我爱我可怜的祖国；我会干任何事情，任何事情，把它从现在压在我们身上的暴政下解放出来。我干着我讨厌的事情。可是，我会再干我讨厌的事情一千回的。”

我要喝一口，哈里在想。我到底干吗要关心他的革命呢。让他的革命滚他妈的蛋吧。为了帮助工人，他抢银行，杀了一个跟他一起干的家伙；后来，又杀了那个从来没有伤害过一个人的可怜的、该死的艾伯特。他杀的是一个工人。他从来没有想到这。还有一家子人哪。是古巴人统治着古巴。他们全都互相欺骗。他们互相叛卖。他们活该吃苦受罪。让他们的革命见鬼去吧。我应该干的是养活我的一家子，可我干不成。而他来告诉我他的革命。让他的革命见鬼去吧。

“这一定挺糟糕，确实是这样，”他跟那个年轻人说。“掌管一下舵轮，行不？我要去喝一口。”

“当然行，”那个年轻人说。“我该怎么开？”

“二二五，”哈里说。

这会儿，天黑了，船远远地开进了湾流，滚滚的波涛着实不小。他走过躺在椅子上的那两个晕船的古巴人，走到后面坐在钓鱼椅上的罗伯托面前。海水在黑暗中在船旁迅速地流过。罗伯托坐着，把另一张钓鱼椅转得面向他，两只脚搁在那上面。

“让我来一点这玩意儿，”哈里跟他说。

“见鬼去吧，”那个大脸膛的人瓮声瓮气地说。“这是我的。”

“好吧，”哈里说，向前走去，另取一瓶。在黑暗中，他把酒瓶放在右胳膊的皮片下，拔起弗雷迪已经拔开过又重新塞紧的软木塞，喝了一口。

现在可以动手了，他跟自己说。现在，用不着再等了。毛孩子发表过他的高论了。大脸膛杂种喝醉了。另外两个人晕船了。现在，完全可以动手了。

他又喝了一口；巴卡迪使他温暖和帮助他，可是他在他的胃部周围还是感到冷和空洞。他的五脏六腑都是冰冷的。

“来一口怎么样？”他问坐在舵轮前的那个年轻人。

“不，谢谢，”那个年轻人说。“我不喝酒。”哈里可以在罗经柜的灯光中看到他在微笑。他确实是个俊小伙儿。说话也讨人喜欢。

“我要喝一口，”他说。他咕嘟吞下一大口，可是酒暖和不了那个从胃部现在一直扩大到整个胸膛内部的阴湿、冰冷的部分。他把酒瓶放在驾驶舱的地板上。

“让它继续开在那条航道上，”他跟那个年轻人说。“我要去看看发动机。”

他打开舱盖口，走下去。然后，用装在地板上的一个窟窿里的那个长钩子把舱盖口锁上。他把身子弯在发动机上面，用一只手摸着送水多枝管啊、汽缸啊，把他的手贴在填料箱上。他把两个油杯都拧紧一圈半。别拖了，他跟自己说。动手吧，别拖了。你的胆子哪儿去了？在我的下巴下面，我猜想，他想。

他从舱盖口望出去。他几乎可以碰到汽油柜上面那两个晕船的人躺着的两张椅子。那个年轻人背对着他，坐在高凳上，罗经柜灯清楚地映出他的轮廓。转过身去，他可以看到罗伯托直手直脚地靠在船尾的椅子上，一个紧贴着黑沉沉的海水的侧影。

一个弹夹二十一发子弹，最多连续射击四次，每次五发子弹，他想。我的手指头得轻轻地扳。好吧。动手吧。别拖了。你这莫名其妙的胆小鬼。耶稣啊，我要是有另一条胳膊的话，什么代价都行。得了，现在不可能有另一条了。他举起左手，解开皮带钩，手抓着扳机护圈，用大拇指把保险完全推开，抽出枪来。蹲在引擎坑里，他仔细地看着那个年轻人的后脑勺儿；罗经柜灯光映照出脑袋的轮廓。

轻机关枪在黑暗中发出一道大火焰；子弹壳叮叮当当地撞在推起的舱盖上，接着弹落在引擎上。不等那个年轻人的尸体从高凳上滑落下来，他已经转过身去，把子弹射进左铺上的人影，握在手里的那支跳动着的、喷着火焰的枪几乎贴着那个人，隔得那么近，他可以闻到他的上衣烧焦的气味；紧接着，猛地转身，向另一边床铺发出一次连续射击；床铺上那个人正在坐起来，费劲地掏手枪。这时候，他低低地蹲下身子，向船尾看。那个大脸膛的人不在椅子上了。他可以看到两张椅子的侧面。在他后边，那个小伙子一动也不动地躺着。他肯定没命了。一张床铺上，一个人在扑腾。另一张床上，他可以用眼角看到，一个人半倒在船舷上，脸向下。

哈里试着找出那个在黑暗中的大脸膛的人在什么地方。这时候，船在打转；驾驶舱有一点儿亮光。他屏住气望着。那一定是他，那儿角落里的地板上稍微黑一点儿。他盯着那儿看，那儿稍微晃动了一下。那是他。

那个人在向他爬过来。不，在向那个半倒在船舷外的人爬过去。他在找那个人的枪。哈里低低地蹲着，盯着看他移动，直到他绝对有把握为止。接着，他给了他一阵连续射击。轻机关枪发出的亮光照亮了他的双手和两个膝盖；火焰和噗—噗—噗—噗的声音消失的时候，他听到他沉重地扑通倒下。

“你这狗娘养的，”哈里说。“你这杀人不眨眼的大脸膛杂种。”

这会儿，他的心里不觉得凉了；他又有那种一向有的空洞洞、嗡嗡响的感觉；他低低地蹲下去，在外面围着木板条的油箱下面摸另一个要装进枪去的子弹夹。他摸到了那个子弹夹，可他的手既是干燥的、冷冰冰的，又是湿漉漉的。

打中了油箱，他对自己说。我得关掉机器。我不知道那个油箱什么地方给打穿了。

他按紧推杆，卸掉空子弹夹，插进那个没用过的子弹夹，爬起身来，走出驾驶舱。

他左手拿着轻机关枪，站起身，用装在右胳膊上的钩子关上机舱口以前，先看看周围，这时候，那个躺在左边床铺上、左肩膀挨了三枪的古巴人——两颗子弹打进了油箱——坐起身来，仔细地瞄准，打中了他的肚子。

哈里猛地向后一歪，坐倒在地。他觉得他的肚子上好像被大棒揍了一下似的。他的脊背撞在支撑钓鱼椅的一根铁管上；这时候，那个古巴人又向他开枪了，打碎了他头顶上的那把钓鱼椅，他伸下手去，摸到了那支轻机关枪，小心地举起来，用铁钩制住枪向前斜，把刚装进去的那个子弹盒里一半的子弹噗—噗—噗打进那个探出身子坐着、在椅子上沉着地向他开火的人的身子。那个人在椅子上倒下去，蜷成一团，接着哈里在周围摸索，直到他摸到那个脸向下趴着的大脸膛的人，然后用装在他那条残废了的胳膊上的铁钩找到他的脑袋，用钩子把脑袋翻过来，接着用枪口贴在脑袋上，扳动扳机。枪一碰到脑袋，就发出一下响声，像大棒揍在南瓜上那样。哈里放下枪，侧躺在驾驶舱的地板上。

"我真是个混蛋，"他说，嘴唇贴着板条。我现在是个玩儿完的混蛋了。我得关掉一切机器，要不，我们都会烧得精光，他想。不过，我原来还是有机会的。我原来有点儿机会的。耶稣基督。有一件事儿把整个事儿给毁了。有一件事儿出了毛病。真该死。啊，那个古巴杂种真该死。谁想得到我没有干掉他呢？

他用双手和两个膝盖撑起身子，砰地拉下机器上面的舱口盖，在舱口盖上往前爬，爬到驾驶座旁。他拉着座位站起身来，发现他能利索地挪动，好不惊奇，接着在他站直身子的时候，感到头昏眼花，浑身虚弱；他探出身去，把那条断胳膊靠在罗盘仪上，关上两个开关。机器寂静无声了；他可以听到海水在拍打船身。没有别的声音。船转进了北风掀起的一小片海面上的一个波谷，开始左右摇晃。

他紧紧靠在舵轮上，然后慢腾腾地坐到驾驶座上，趴在航海图桌上。他可以感到在持续不断的、头昏眼花的晕船中精力在渐渐消失。他用那只好手解开衬衫，用手掌的底部摸那个枪眼。血流得很少。全流在身子里，他想。我还是躺下的好，让它有个安静的机会。

这会儿，月亮上来了；他可以看到驾驶舱内的一切。

糟透了，他想，真他妈的糟透了。

还是躺下的好，免得倒下去，他想；他把身子蹭下驾驶座，躺到驾驶舱的地板上。

他侧躺着；船摇晃的时候，月光照进来；他可以清清楚楚地看到驾驶舱内的一切。

真挤，他想。情况就是这样，真挤。那么，他想，我想不出她会怎么办。我想不出玛丽会怎么办？也许他们会付给她奖金。那个该死的古巴佬。她会凑合着过下去，我想。她是个能干的女人。我想咱们本来都会凑合着过下去的。我想这么干确实是发疯。我想我干了我干不了的事儿。我本不该试的。我确实从头到尾都干得挺顺利。没有人知道事情是怎么发生的。我真希望我能为玛丽干点事儿。这艘船上有许多钱。我甚至不知道有多少。有了这么许多钱，不管是谁，都不用发愁了。我拿不准海岸警卫队会不会把钱捞去。会捞掉一点儿，我想。我真希望我能让那老婆子知道发生了什么事情。我拿不准她会怎么办？我不知道。我想我原该在加油站找个活儿，或者这一类的活儿。我原该死了这条心的，不再硬是要干开船这一行了。靠开船再也不能干干净净地挣钱了。这艘该死的船不摇晃就好了。只要它不摇晃就好了。我能感到五脏六腑都在来回晃荡。我。蜜蜂嘴先生和艾伯特。凡是得跟这事儿沾上关系的，全都难免。还有这帮狗杂种。这准是一桩不吉利的买卖。实在是不吉利的买卖。我想像我这样的人应该干的是去管加油站这一类事情。去他妈的，我没法去管什么加油站了。玛丽，她会去管些什么的。她年纪太大，没法再去扭屁股了。我真希望这艘该死的船别摇晃。没办法，我只得不发火。我得尽可能地不发火。他们说，只要你不喝水，一动也不动地躺着。他们说，你尤其不可以喝水。

他望着驾驶舱里月光照亮的一切。

嘿，我用不着把船拾掇干净了，他想。别发火。我非这么办不可。别发火。我得尽可能地不发火。我还有一点希望。只要你一动也不动地躺着，不喝一点水。

他仰面朝天躺着，试着平稳地呼吸。游艇在墨西哥湾流的波浪中摇晃；哈里·摩根仰面朝天躺在驾驶舱里。起先，他试着用他那只好手稳住身子，避免晃荡。后来，他静静地躺着，听凭摇晃了。

第十九章

第二天早晨，在基韦斯特，理查德·戈登到弗雷迪酒吧间去打听抢银行的情况以后，正在赶回家去。他骑着自行车，在一个身材粗壮、大个子、蓝眼睛的女人身旁经过。她戴着她老公戴的毡帽，帽子下面露出漂白的金发，正在急匆匆地穿过马路，眼睛哭得通红。瞧那个像大公牛的女人，他在想。像那样的女人，你猜她在想些什么？你猜她在床上会怎么干？她的个子长得这么大，她的丈夫有什么感觉？你猜她在这个城里跟谁有一手呢？她不是个模样吓人的女人吗？像艘兵舰。吓得死人。

这会儿，他到了家门前了。他把自行车放在前门廊上，走进门厅，关上那扇前门，门被白蚂蚁咬出了一道道隧道、一个个筛子似的空隙。

“你打听到了什么消息，迪克？”他妻子在厨房里高声说。

“别跟我讲话，”他说。“我马上要工作了。都在我脑子里了。”

“那敢情好，”她说。“我不会打搅你的。”

他坐在前房里那张大桌子旁。他在写一部一家纺织厂罢工的小说。在今天的这一章里，他将要采用他刚才在回家的路上看到的那个眼睛哭红了的大个子女人作书中的人物。她的丈夫晚上回到家里，就讨厌她，讨厌她那副变得粗俗和臃肿的模样，受不了她的漂白的头发、她的太大的乳房，她不支持他作为一个工会组织者的工作。他会拿她同当天黄昏在会上讲话的那个年轻的、乳房结实、嘴唇丰满、身材矮小的犹太女人比较。真棒。确实棒，可以毫不费力地写出来，太棒了，而且是真实的。他在一眨眼间就看透了那种类型的女人的整个内心生活。

她过早地对她丈夫的爱抚感到冷淡。她渴望生孩子和生活有保障。她不支持她丈夫的雄心壮志。她对性行为确实已经厌恶，却糟糕地试图激起对这件事情的兴趣。这将是精采的一章。

他看到的那个女人是哈里·摩根的妻子玛丽；她从治安官的办公室里出来，在回家去。

第二十章

弗雷迪·华莱士的船，“海螺王后号”，三十四英尺长，有坦帕[1]发的登记号，船漆成白色；前甲板漆着那种叫翠绿的颜色；驾驶舱内部也漆成翠绿色。船舱顶也漆着同样的颜色。船名和它的船籍名，“佛罗里达州，基韦斯特”漆成黑色，从船尾的一边排到另一边。它没有装舷外支杆，也没有桅杆。它装着挡风玻璃；有一块玻璃，在舵轮前面的那一块，碎了。在它新近漆过的船体木板上显出不少最近才被打穿的木头散裂的窟窿。在船体两面，舷缘下面约摸一英尺光景，驾驶舱中心稍微前面一点儿，可以看到碎木板。在支持驾驶舱或者天篷的后甲板支柱的对面，船体右边，差不多同吃水线一样平，另外有几个洒着碎木片的地方。从那些比较低的窟窿里，滴下过一些黑乎乎的东西，淌在新漆的船体上，像一条条绳索似的。

船的一侧顶着微微的北风漂流着，约摸在向北开去的油船航道外面十英里光景，披着新近漆过的白色和绿色，在深蓝的墨西哥湾流的海水的衬托下，显得色彩鲜艳。船附近有一片片颜色像阳光那样黄的马尾藻在水中漂流；游艇的偏航位移一直使游艇越来越进入湾流，而在风多少战胜偏航位移的时候，海藻在水流中慢腾腾地越过游艇，向北边和东边漂去。船上没有活人的迹象，虽然可以看到一具人体，模样有点肿，在船舷边上，躺在左边油箱上面的坐板上；一个男人看来好像在从那张同右边船舷并排的长椅上探出身去，把他的一只手伸进海水。他的脑袋和两条胳膊在阳光中；而就在他的手指头差一点没碰到水的地方，有一群小鱼，约摸两英寸长，椭圆形的，全身金灿灿，有隐隐约约的紫色条纹；它们离开了湾流中的海藻，躲在漂流的游艇的底部在海水中造成的阴影里；每一次，有什么东西滴进海里，那些鱼纷纷向滴下的东西冲过去，又是推又是转，直到那东西无影无踪为止。两条约摸十八英寸长的灰色的胭脂鱼在海水的阴影里，围着船转来转去，它们长在平脑袋顶上的咧开的嘴一张一闭；但是看来它们好像并不知道那些小鱼在吃的东西的滴下来的规律性；可能它们在游近游艇的时候，它们不在滴东西的一边，而是在另一边。它们早就把那些从最下面的裂开的窟窿里露出来、泡在水中的一团团和丝丝缕缕的胭脂色的东西拉走了，在拉的时候，摇着它们难看的、顶上有吸盘的脑袋和细长的、尾巴细小的圆锥形身子。这会儿，它们舍不得离开这个地方，它们料想不到这个地方有这么好的东西吃。

游艇的驾驶舱内，另外有三个人。一个，死了，他是从舵轮座上掉下去的，仰面朝天地倒在座位下。另一个，也死了，倒在船尾右舷支柱旁的甲板排水孔上，弓着背，大大的一堆。第三个，还活着，可是昏迷好久了，侧躺着，脑袋搁在他的一条胳膊上。

游艇的底舱里尽是汽油；只要船一摇晃，汽油就发出一阵阵晃荡的声音。那个人，哈里·摩根，认为这种声音是在他的肚子里；在他看来，这会儿，他的肚子跟一个湖一样大，而且湖水在晃荡的同时拍打着两岸。这是因为眼下他仰面朝天地躺着，两个膝盖蜷起着，脑袋向后仰。湖水，就是他的肚子，凉得很，是那么凉；他踩进湖水边的时候，湖水就把他冻僵了；这会儿，他冷极了，而且样样东西都有汽油味，好像他一直在吸一根虹吸油箱的橡皮管。他知

① 坦帕(Tampa)：美国佛罗里达州西部港市。

道压根儿没有油箱，尽管他可以感到好像嘴里给塞进了一根冰凉的橡皮管；这会儿，管子卷起来了，大，冰凉，重，穿透他的身子。每一回他吸一口气，管子越来越凉、越来越硬地盘在他的小腹里；他可以感觉到它在那儿，在晃荡的湖面上，像一条滑溜的大蛇在扭动似的。他害怕它，可是尽管它在他的身子里，它却好像隔着很大的距离；眼下，他感到难受的是冷。

他浑身都感到冷，一种不会使他麻木的透骨的寒冷；这会儿，他一动也不动地躺着，感到这种寒冷。有一段时间，他想要是他能撑起身来，盖在他自己身上的话，这样就会像一条毯子那样使他暖和；有一会儿，他想他已经设法使自己站起身来，他开始暖和了。可是这种暖和只是他抬起两个膝盖引起的大出血；随着这种暖和减弱，他知道眼下你没法撑起身来，盖在你自己身上了；压根儿没有对付寒冷的办法了，只得听凭它摆布。他躺在那儿，他已经不能思想了，在这很久以后，他运用身内的一切精力，不让自己死去。眼下，由于船在漂流，他的身子在阴影里了；一直是越来越冷。

从上一夜十点起，游艇一直在漂流；眼下，已经是下午很晚的时候了。整个墨西哥湾流的海面上，看不到别的东西，只有海湾水藻、一些肿胀的粉红色僧帽水母的薄膜泡无忧无虑地冒出在水面上；一艘装着货的油轮的遥远的烟柱从坦皮科[1]向北移去。

---

① 坦皮科（Tampico）：墨西哥塔毛利帕斯州东南部墨西哥海湾畔一海港城市。

第二十一章

“嗳，”理查德·戈登跟他妻子说。

“你的衬衫上有唇膏，”她说，“你的耳朵上也有。”

“这有什么关系？”

“什么什么关系？”

“看到你跟那个喝醉了的难看的胖子一起躺在长沙发上又是什么关系？”

“你没有看到。”

“我看到你们在哪儿？”

“你看到我们坐在长沙发上。”

“在黑暗中。”

“你刚才上哪儿去了？”

“在布拉德利家。”

“可不是，”她说。“我知道。别挨近我。你身上有那个女人的臭气。”

“你身上有什么臭气？”

“什么也没有。我刚才一直坐着，跟一个朋友在讲话。”

“你亲了他吗？”

“没有。”

“他亲了你吗？”

“亲了，我喜欢他亲。”

“你这母狗。”

“你要是这么骂我的话，我就会离开你。”

“你这母狗。”

“好吧，”她说。“结束了。要不是你那么自以为了不起，而我又待你那么好的话，你早就该看到事情好久以前就结束了。”

“你这母狗。”

“不对，”她说。“我不是母狗。我一直尽力做个好妻子，可是你是那么自私和自以为了不起，像谷仓旁的一只神气活现的鸡。老是像公鸡喔喔叫似的嚷嚷：‘瞧，我干的事儿。瞧，我让你多么快活。喂，走开去，像下了蛋的母鸡那样去咯咯地叫吧。’得了，你没有让我快活，我讨厌你。我也不会再咯咯叫了。”

“你不该咯咯叫。你从来没有生出什么得咯咯叫的东西。”

“这是谁的过错？难道是我不要孩子吗？可是咱们一直没有钱供养他们。可是咱们拿得出钱上昂蒂布角[①]去游泳，上瑞士去滑雪。咱们拿得出钱到这个基韦斯特来。我讨厌你。我厌恶你。今天，这个姓布拉德利的女人惹得我忍无可忍了。”

“别把她扯进来。”

“你回到家里来，浑身都是唇膏。难道你连洗一下都不能吗？你的额头上也有一点儿。”

“你亲了那个喝得醉醺醺的蠢货。”

“没有。我没亲。不过，要是我知道你当时在干什么的话，我会亲的。”

“你干吗让他亲你的嘴。”

“我当时在对你发火。我们等着，等着，等着。你再怎么也不到我这儿来。你跟那个女人一起走开了几个钟头。是约翰陪我回

① 昂蒂布角(Cap d’ Antibes)：在法国阿尔卑斯滨海省，游览胜地。

家的。”

“啊，约翰，是吗？”

“可不是，约翰，约翰，约翰。”

“那他姓什么？托马斯？”

“他姓麦克沃尔赛。”

“你干吗不把它拼出来？”

“我拼不出，”她说，接着笑起来了。不过，这是她最后一次笑。“别以为因为我笑了，就一切都行了，”她说，眼睛里含着眼泪，嘴唇颤抖。“不行。这不是一场一般的吵嘴。是结束了。我并不恨你。不是那种恨如切骨的感情。我只是厌恶你罢了。我彻头彻尾地厌恶你，所以我跟你玩儿完了。”

“行了，”他说。

“不。不行。一切都结束了。你懂得吗？”

“我想懂得。”

“别想。”

“别这么像演戏似的夸张，海伦。”

“原来我在像演戏似的夸张，是不？得了，我没有。我跟你玩儿完了。”

“没有，你没有。”

“我不愿再说了。”

“你要怎么办？”

“我还不知道。我也许会跟约翰·麦克沃尔赛结婚。”

“你不会的。”

“我要是想要的话，就会。”

“他不会跟你结婚的。”

“啊，会的，他会的。他今天下午向我求婚。”

理查德·戈登默不作声了。他感到心窝里空荡荡的；他听到的，或者他说的，每一句话好像都是在无意中听到的。

“他求你什么？”他说，他说话的声音像从远处传来似的。

“跟他结婚。”

“为什么？”

“因为他爱我。因为他要我跟他一起生活。他挣的钱足够养活我。”

“你已经跟我结婚了。”

“没有真的结婚。没有在教堂里。你不愿在教堂里跟我结婚；你知道得很清楚，这件事情使我可怜的妈的心都碎了。当时，我对你是那么一往情深，不惜为了你使任何人心碎。天啊，我那时候真是个十足地道的笨蛋。我自己的心也碎了。现在，心碎了，心死了。当时，我把我相信的一切、我热爱的一切，为了你我都抛弃了，因为你是那么了不起，你是那么爱我，爱情变得是最重要的了。爱情是最伟大的事情，对不？只有咱们有爱情，别人没有或者再怎么也不可能有，是不？你是天才，而我是你的整个儿生命。我是你的妻子和小黑花。废话。爱情只是另一种肮脏的谎话罢了。爱情是促使我通经的厄果阿比奥[①]药丸，因为你害怕有孩子。爱情是奎宁[②]，奎宁，直到我吃奎宁吃得耳朵都聋了。爱情是你带我去做的那种肮脏的、吓得人没命的打胎的手术。爱情把我的五脏六腑折腾得一塌糊涂。它一半是导管，一半是冲洗。我了解爱情。爱情老是挂在洗澡间门背后。它的气味像来苏儿[③]。让爱情见鬼去吧。爱情是你使我快活，然后张开着嘴睡着了，可我整整一宿躺在床上醒

① 厄果阿比奥(ergoapiol)：一种调经药，原来是商标名。
② 奎宁可以堕胎。
③ 来苏儿(lysol)：即杂酚皂液，原来是商标名。

着，甚至害怕做祷告，因为我知道我再也没有权做了。爱情是你可能从某本书上看来的、你教我的那一切肮脏的小花招。行了。我跟你玩儿完了，也跟爱情玩儿完了。你这种掏鼻子眼的爱情。你这作家。”

“你这爱尔兰小贱货。”

“别骂人。我知道怎么骂回你的。”

“行了。”

“不，不行。老是一错再错。你要是个好作家的话，也许我可能容忍其他的一切。可是我一直看到你说话尖刻、生性忌妒，为了迎合时尚，改变你的政治主张，当面巴结一些人，背后对他们说长道短。我一直看到你这样，直到我讨厌你。然后，今天遇上了那个姓布拉德利的女人，那个肮脏的、有钱的母狗。啊，我讨厌这一套。我一直尽力关心你，迁就你，照顾你，为你做饭，在你要我沉默的时候，就保持沉默，在你需要愉快的时候，就保持愉快的神情，给你小小的高潮，假装这使我感到快活，忍受你的狂热、忌妒和小气；现在我都一了百了啦。”

“那么，现在你要跟一个醉么咕咚的教授重新开始？”

“他是个男子汉。他脾气好，而且生性宽厚；他使你感到舒服；我们有许多相同的地方；我们有你永远不可能有的准则。他像我爸爸。”

“他是个酒鬼。”

“他喝酒。可是我爸爸也喝。我爸爸穿羊毛袜，黄昏那会儿，把两只脚搁在一张椅子上看报。我们害喉头炎的时候，他照顾我们。他是造锅炉的；他的两只手都是弄破的口子；他喝酒以后，喜欢打架；没有喝过酒的时候，打起架来挺行。他去望弥撒，因为我妈要他去；他为我妈，也为我们的主，不过主要是为她，参加复活节的宗教仪式；他是个好工会会员；要是他跟另一个女人混过的话，她始终不知道。”

“我敢肯定他跟许多女人混过。”

“也许他跟许多女人混过，可是他真的混过的话，他告诉神父，而不是她；再说，要是他有这种事儿的话，是因为他控制不了自己；事后，他感到难受，懊悔。他干这种事儿，并不是出于好奇心，或是粗俗的好胜心，或是为了要告诉他妻子他是个多了不起的男人。他要是干过这种事儿的话，是因为我妈带着我们这些孩子去避暑，他跟小伙子们一起出去喝醉了。他是个男子汉。”

“你应该当作家，写他的。”

“我会成为一个比你高明的作家。而约翰·麦克沃尔赛是个好男人。你可不是。你不可能是。不管你的政见是什么，或者你的宗教信仰是什么。”

“我没有任何宗教信仰。”

“我也没有。可是我从前有过一个；我会再有一个的。你是不可能把它抢走的。你已经把其他一切都抢走了。”

“没有。”

“没有。你可以跟一个像埃莱娜·布拉德利那样有钱的女人睡在一张床上。她是很喜欢你吗？她认为你了不起吗？”

望着她的悲伤、愤怒的脸，她的嘴唇像在雨中淋过的东西似的滋润地肿着，她的深色鬈发凌乱地披在脸上，因为在哭，反而显得漂亮，理查德·戈登对她不存和好的念头了，最后说：

“那你不再爱我了？”

“我甚至恨这个字。”

“行，”他说，接着突然狠狠地掴了她一个耳刮子。

她现在不是因为愤怒，而是由于确实疼痛而哭了，她的脸贴在桌子上。

“你不需要这么干的，”她说。

“啊，不对，我需要，”他说。“你知道的事情倒着实多，可是你不知道我多么需要这么干。”

那天下午，门打开的时候，她没有看到他。她什么也看不见，只有雪白的天花板除外，天花板上有糖霜色的丘比特、鸽子和涡卷形装饰；亮光从打开的门外照进来，突然把它们照得清清楚楚。

理查德·戈登转过头去，看到了他，留着胡子，笨重地站在门洞子里。

“别停住，”埃莱娜说。“请别停住。”她的亮晃晃的头发披散在枕头上。

可是理查德·戈登停住了；他仍然转着脸，盯着看。

“别管他。什么都别管。你难道不明白你现在不能停吗？”那个女人迫不及待地说。

那个留胡子的男人轻轻地关上了门。他在微笑。

“怎么了，宝贝儿？”埃莱娜·布拉德利问，这会儿，又一片漆黑了。

“我得走了。”

“你难道没有看到你不能走？”

“那个男人……”

“那不过是汤米，”埃莱娜说。“这种事儿他都知道。别管他。来啊，宝贝儿。请干啊。”

“我干不了。”

“你得干，”埃莱娜说。他能感到她在哆嗦；她靠在他肩膀上的脑袋在抖动。“我的上帝，难道你什么都不懂吗？你一点也不关心一个女人吗？”

“我非走不可。”理查德·戈登说。

在黑暗中，他感到脸上狠狠地挨了一下，他的眼珠子里金星直冒。接着，又挨了一下。这一回是揍在他的嘴上。

“原来你是这号人，”她跟他说。“我原以为你是个见过世面的人。滚出去。”

这就是这天下午发生的事儿。这就是在布拉德利家发生的事儿的结局。

这会儿，他妻子坐着，双手搁在桌子上，头向前贴在手上；他们两人都默不作声。理查德·戈登能够听到滴答滴答的钟声；房间里静悄悄的，他感到心里也这样空荡荡。过了一会儿，他的妻子说，眼睛不望他：“事情闹到这个地步，我感到抱歉。不过，你瞧，事情结束了，是不？”

“是啊，事情要是过去一直是这样的话。”

“事情倒不是一直是这样的，不过有很长一阵子是这样的。”

“我抱歉，我掴了你。”

“啊，那没什么。那压根儿算不上一回事。那只是一种分手的方式罢了。”

“别。”

“我一定要离开，”她很疲倦地说。“我恐怕一定要拿走那个大手提箱。”

“早晨干吧，”他说。“样样事情你都能在早晨干。”

“我宁愿现在干，迪克；这样比较容易。不过，我很累。这简直把我累坏了，使我头痛。”

“你想要干什么，就干什么吧。”

“啊，上帝，”她说。“我希望这事儿不发生。可是发生了。我会尽力为你样样安排好的。你需要有个人照顾。我要是没有说那些话，或者你要是没揍我的话，咱们也许能再和好的。”

“不，在那以前，事情就结束了。”

“我对你感到很抱歉，迪克。”

“你别为我感到抱歉，要不，我又要掴你耳刮子了。”

“我想你要是掴我的话，我会好受些，”她说。“我确实为你感到抱歉。啊，确实是这样。”

“见鬼去吧。”

“我真抱歉，我说了你在床上干得不行。我对这种事情一点不懂。我想你是了不起的。”

“你算不上高明的伴儿，”他说。

她又哭了。

“这话比掴我还糟，”她说。

“得了，你刚才说了什么话？”

“我不知道。我记不得了。当时我是那么火，你使我那么伤心。”

“得了，一切都结束了，那干吗要痛苦呢？”

“啊，我并不想要结束。可是结束了，现在没有一点办法了。”

“你会有那个醉鬼教授。”

“别，”她说。“咱们不能闭上嘴，不再说吗？”

“能。”

“你能吗？”

“能。”

“我睡在这儿外面。”

“不。你可以睡床。你一定要睡床。我要出去一会儿。”

“啊，别出去。”

“我非去不可，”他说。

“再见，”她说；他看到她那张他总是非常喜欢的脸，那张始终哭不丑的脸，还看到她的黑色鬈发，她藏在套衫下、向前靠在桌子边上的小小的结实的乳房；他看不到他非常喜欢的她的其他部分，那部分在桌子底下；他原以为他讨得了那部分喜欢的，可是显然压根儿没有。他走出房门的时候，她隔着桌子望着他；她的下巴搁在双手上；她还在哭。

第二十二章

他没有骑自行车，而是在街上走。这会儿，月亮升起来了；在月光衬托下，那些树显得黑魆魆的；他经过一所所带狭窄的院子的木板房，灯光从关着的百叶窗里透出来；一条条没有铺砌石子的小路，两边都是一排排的房子；佛罗里达州南部沿海小岛上的小镇，一切都是刻板的，优点、缺点、砂砾和煮石鲈鱼、营养不足、偏见、正直、不同种族生的混血儿和宗教的安慰；开着门、点着灯的古巴人开的博彩球戏①屋，破破烂烂的木房子，只有店名是带有浪漫色彩的；“红房子”、“奇恰人②屋”；那座用压制石盖的教堂；尖塔陡峭，在月光衬托下呈难看的三角形；大庭园和长长的、带黑圆顶的女修道院，在月光下显得漂亮；一个加油站和一个卖三明治的小吃店，在一片有个微型高尔夫球场的空地旁，灯火通明；经过那条灯光明亮的大街，大街上有三家药房③、一家乐器铺、五家犹太人开的铺子、三家弹子房、两家理发店、五家啤酒店、三家冰淇淋铺、五家差的和一家好的餐馆、两个卖报纸和刊物的铺子、四家旧货店（其中一家是配钥匙的）、一家照相馆、一幢办公大楼，楼上有四个牙医诊所、一家规模庞大的廉价百货店、一家开在街角上的旅馆，对面停着一辆辆出租汽车；旅馆后面，穿过那条街，通往那个乌烟瘴气的地方，那所没有上漆的木板房，门口亮着一些灯，还站着一些姑娘，自动钢琴在放音乐；一个水手坐在街上；然后，经过砖砌的法院大楼，大楼上的夜光钟指着十点半，经过粉刷得雪白、在月光中闪闪发亮的监狱，来到“紫丁香时光”的装潢着遮荫棚的入口处，那儿的小路上停满了一溜溜汽车。

“紫丁香时光”内灯火辉煌，尽是人；理查德·戈登一走进去，就看到做赌场的那个房间里挤满了人，轮盘赌的轮盘旋转着，小球短促地哒哒撞在安装在盘子里的那些金属隔板上，轮盘缓慢地旋转，小球飞快地打滚，然后发出哒哒声跳动着，直到它停下；只有轮盘在旋转，还有筹码碰撞的哒哒声。在酒吧柜旁，老板和两个酒吧间招待员在招待顾客，他说：“你好，你好。戈登先生。你要什么？”

“随便，”理查德·戈登说。

“你看起来气色不好。怎么啦？你不舒服？”

“可不。”

“我给你来点保管好的。叫你的精神好起来。你试过一种西班牙苦艾酒，奥赫恩酒啊？”

“来吧，”戈登说。

“你喝了它就会感到好起来。想跟这儿的任何人打上一架，”老板说。“给戈登先生来一杯特制的奥赫恩酒。”

站在酒吧柜旁，理查德·戈登喝了三杯特别调制的奥赫恩酒，可是他一点不觉得好；那浑浊浊、甜津津、凉丝丝、带甘草味的饮料并没有使他感到跟原来有什么两样。

“给我来点别的，”他跟一个酒吧间招待员说。

“怎么啦？你不喜欢特制的奥赫恩酒？”老板说。“你不感到好喝？”

“不。”

---

① 博彩球戏(bolito)：一种用小球猜数的赌博。

② 奇恰人(Chicha)：玻利维亚中南部波托西省的一个印第安部落中的人。

③ 美国的药房都兼卖糖果、冷热饮料、书籍和其他杂货，实际上是杂货铺。

"你喝了那种酒以后，喝别的要小心。"

"给我来一杯纯威士忌。"

威士忌使他的舌头和喉咙后部暖和，可是一点没有改变他的任何想法；接着，在酒吧柜后面的镜子里，突然看到他自己的模样，他知道现在喝酒对他一点用处也没有了。不管他现在有的是怎样的心情，他压根儿摆脱不了，而且从现在起，哪怕他喝得没有知觉，只要一醒过来，还是摆脱不了。

一个长长的、很瘦的年轻人，下巴上有一把稀稀拉拉的胡子茬，他站在酒吧柜前他的身旁，说："你不是理查德·戈登吗？"

"是啊。"

"我是赫伯特·斯佩尔曼。我想，咱们有一回在布鲁克林[1]的一个晚会上见过。"

"也许是吧，"理查德·戈登说。"很可能吧！"

"我非常喜欢你最近出的那本书，"斯佩尔曼说。"你的书我都喜欢。"

"我很高兴，"理查德·戈登说。"来一杯？"

"跟我一起喝一杯，"斯佩尔曼说。"你尝试过这种奥赫恩了吗？"

"这对我一点不管用。"

"怎么啦？"

"情绪低沉。"

"你不再试一杯？"

"不，我情愿喝威士忌。"

"你知道，遇见你对我来说可是件大事情，"斯佩尔曼说。"我

---

① 布鲁克林(Brooklyn)：美国纽约市的一个区。

想，你记不得那个晚会了。”

“对。不过，那也许是个好晚会。你不见得认为应该记住一个好晚会吧，对不？”

“我想不必，”斯佩尔曼说。“那是在玛格丽特·范布伦特那儿。你记得吗？”他抱着希望问。

“我在尽力想。”

“当时是我放火烧那儿的，”斯佩尔曼说。

“不是的，”戈登说。

“是的，”斯佩尔曼快活地说。“就是我。那是我参加过的最了不起的晚会。”

“你现在干什么？”戈登问。

“干得不多，”斯佩尔曼说。“我随便走走。现在我不那么使劲干了。你在写新书吗？”

“写。约摸完成了一半。”

“那敢情好，”斯佩尔曼说。“写什么内容？”

“一家纺织厂的罢工情况。”

“那敢情妙，”斯佩尔曼说。“你知道任何有关社会冲突的事情我都着迷。”

“什么？”

“我喜欢这题材，”斯佩尔曼说。“我喜欢它超过任何别的东西。你绝对是最棒的。听着，书里有个美丽的女犹太鼓动家吗？”

“为什么？”理查德·戈登疑惑地问。

“那是西尔维亚·悉德尼[①]的角色。我爱她。要看她的相

---

① 西尔维亚·悉德尼（Sylvia Sidney，1910—　）：美国舞台和电影女演员，俄罗斯犹太移民后裔，善演性格火爆、作风泼辣的妇女，尤以擅演叙述美国大萧条时期的电影中的角色著称。

片吗？”

“我看到过。”理查德·戈登说。

“咱们来喝一杯，”斯佩尔曼快活地说。“想想看，居然在这儿遇见你。你知道，我是个幸运的人。确实幸运。”

“为什么？”理查德·戈登问。

“我有疯癫病，”斯佩尔曼说。“唷，那真妙。那就像陷入情网，不过老是说发作就发作。”

理查德·戈登稍微避开一点。

“别这样子，”斯佩尔曼说。“我不会胡乱伤人的。的确是这样，我几乎从来没有胡乱伤过人。来吧，咱们来喝一杯。”

“你疯癫得久吗？”

“我想一直是疯癫的，”斯佩尔曼说。“我敢说，在这样的时代里，这是唯一的找快活的办法。道格拉斯飞机公司干些什么，关我什么事儿呢？美国电话电报公司干些什么，关我什么事儿呢？它们没法让我关心。我只是拿起一本你写的书，要不，就喝一杯，要不，看西尔维亚的相片，我挺快活。我像一只鸟。我比一只鸟过得好。我是……”他看来好像有点吞吞吐吐，在寻找一个词儿，接着匆匆地说下去。“我是一只可爱的小鹳鸟，”他脱口而出，脸都涨红了。他盯着理查德·戈登看，眼睛一眨也不眨，他的嘴唇扭动着；一个大个子、金头发的年轻人离开一伙人，向酒吧柜走来，走到他身旁，把一只手放在他的胳膊上。

“走吧，哈罗德，”他说。“咱们该回家了。”

斯佩尔曼用发狂的眼光望着理查德·戈登。“他嘲笑一只鹳鸟，”他说。“他从一只鹳鸟身旁走开。一只在旋转着飞行的鹳鸟……”

“走吧，哈罗德，”那个大个子年轻人说。

斯佩尔曼向理查德·戈登伸出手去。

“别见怪，”他说。“你是个好作家。继续不断地写下去。记住了，我一直挺快活。别让他们把你弄糊涂了。再见。”

那个大个子年轻人的胳膊搁在他的肩膀上；他们两人穿过拥挤的人群，向外走到门口去。斯佩尔曼回头看，对理查德·戈登眨眨眼。

“是个好人，”老板说。他用手指头敲敲自己的脑袋。“受过很好的教育。我想念书念得太多了。喜欢砸玻璃杯。他并不是存心损坏。不管他砸烂什么，他都出钱赔偿。”

“他上这儿来的次数多吗？”

“在黄昏。他刚才说他自己是什么来着？一只天鹅？”

“一只鹳鸟。”

“有一宿，说是一匹马。有翅膀的。像白马牌威士忌瓶上的那匹马，只是多了两只翅膀。没错儿，是个好人。很有钱。有一些古怪的想法。家里人现在让他跟他的管家在这儿过活。他跟我说过，他喜欢你写的那些书，戈登先生。你要喝些什么？我请客，不收费。”

“一杯威士忌，”理查德·戈登说。他看到治安官向他走来。那个治安官个子高极了，是个相当瘦削、非常和气的人。理查德·戈登那天下午在布拉德利家的茶话会上见到过他，还同他谈过那件抢银行的案子。

“嗨，”那个治安官说，“你要是空着没事干的话，待会儿不妨跟我一起去。海岸警卫队在把哈里·摩根的那艘船拖进来。一艘油船发出信号通知，它在马塔坎贝海岸外。他们找到了所有的人。”

“我的上帝，”理查德·戈登说。“他们找到了他们所有的人？”

“他们全都死了，只有一个人除外，电报上这么说的。”

“你不知道，没死那个是谁吧？”

“对，他们没有说。天知道发生了什么事儿。”

“他们找到钱了吗？”

“没有人知道。不过，他们要是没有带着钱去古巴的话，那钱一定在船上。”

“什么时候他们能靠岸？”

“啊，那还要两三个钟头。”

“他们把船拖到哪儿？”

“拖进海军船坞，我想。海岸警卫队的船在那儿靠码头。”

“我要上那儿去得上哪儿去找你？”

“我会拐过来看你的。”

“在这儿，要不，就在弗雷迪的酒吧间里吧。我没法再在这儿泡下去了。”

“弗雷迪那儿今夜的场面一定乱糟糟。挤满了从各小岛上来的老兵[①]。他们老是闹乱子。”

“我要上那儿去看看那种景象，”理查德·戈登说。“我感到有点情绪低沉。”

“好吧，可别惹麻烦，”治安官说。“两个钟头以后，我会来带你去的。要搭便车上那儿吗？”

“谢谢。”

他们穿过拥挤的人群走出去；理查德·戈登跨进治安官的汽车，坐在他身旁。

---

① 指第一次世界大战中的老兵，胡佛总统和罗斯福总统先后将他们安置在美国沿海岛屿上。

“你想摩根的船里发生了什么事儿？”他问。

“天知道，”治安官说。“听起来很可怕。”

“他们没有一点别的消息吗？”

“一点没有，”治安官说。“喂，看那儿，行不？”

他们面对着灯光通明的弗雷迪酒吧间宽敞的正门；人一直挤到人行道上。男人们穿着粗蓝布工作服，有些没有戴帽子，有些戴鸭舌帽，有些戴旧军帽和硬纸板做的盔帽，密密匝匝地挤在酒吧间里，气都透不过来；装有扩音设备的投币唱机在放《卡普里岛[①]》。他们停车的时候，一个男人从开着的门里猛冲出来，另一个男人扑在他身上。他们倒在地上，在人行道上打滚；那个压在上面的男人双手抓住另一个的头发，把他的脑袋一上一下地在水泥地上砰砰地撞，发出叫人毛骨悚然的响声。酒吧间门口的人没有一个注意他们。

治安官走出汽车，抓住压在上面那个人的肩膀。

“停手，”他说。“站起来。”

那人挺直身子，望着治安官。“看在基督分上，难道你不能别管闲事吗？”

另一个人，头发上沾着血，一只耳朵在渗出血来，更多的血从他的雀斑脸上淌下来，向治安官摆出拳击的姿态。

“别打扰我的伙伴，”他瓮声瓮气地说。“怎么啦？难道你认为我受不了吗？”

“你受得了，乔伊，”那个撞他脑袋的人说。“听着，”对治安官说。“你能给我一块钱吗？”

“不行，”那个治安官说。

---

① 岛在意大利。此处是乐曲名。

“那见鬼去吧。”他向理查德·戈登转过头去。

“你行不行，伙计？”

“我可以请你喝一杯，”戈登说。

“来吧，”那个老兵说，抓住戈登的胳膊。

“我待会儿来，”治安官说。

“好。我等你。”

他们侧着身子向酒吧间尽头挤进去的时候，那个头上流血、雀斑脸的人一把抓住戈登的胳膊。

“我的老伙计，”他说。

“他不要紧，”另一个老兵说。“他受得了。”

“我受得了，瞧见了？”那个脸上淌血的人说。“我就是凭这一手赢他们的。”

“可是你没法抵挡，”有人说。“别推推搡搡。”

“让我们进去，”那个脸上有血的人说。“让我和我的老伙计进去。”他凑在理查德·戈登的耳朵旁低声说，“我用不着抵挡。我受得了，瞧？”

“听着，”他们终于走到被啤酒滴得湿淋淋的酒吧柜旁的时候，另一个老兵说，“你应该看到中午他在第五兵营杂货铺里的情况。我把他放倒在地上，用一个酒瓶揍他的脑袋。就像打鼓那样。我敢说，我揍了他五十下。”

“不止，”那个脸上淌血的人说。

“那对他一点没有影响。”

“我受得了，”另一个说。他凑在理查德·戈登的耳朵旁低声说，“这是个秘密。”

那个穿白上衣、大肚子的黑人招待员倒了三杯啤酒，向理查德·戈登推过去。他把两杯递给他们。

“什么秘密？”他问。

“我，”那个脸上淌血的人说。“我的秘密。”

“他有个秘密，”另一个老兵说。“他没撒谎。”

“要听吗？”那个脸上淌血的人凑在理查德·戈登的耳朵旁说。

戈登点点头。

“那样并不痛。”

另一个点点头。“把最精采的告诉他。”

那个头上有血的人几乎把他的流血的嘴唇凑到戈登的耳朵上。

“有时候叫人觉得好受，”他说。“你对挨揍有什么感觉？”

在戈登的胳膊肘旁，有一个高高瘦瘦的人，他一个眼角旁有一条疤一直延伸到下巴上。他低下头看那个头上有血的人，龇牙咧嘴地笑开了。

“起初，这是一种技术，”他说。“后来，变成乐趣。要是有事情叫我讨厌的话，那就是你叫我讨厌，雷德。”

“你倒挺容易讨厌，”第一个老兵说。“你原来在什么部队的？”

“这跟你毫不相干，醉么咕咚的蠢货，”那个高个子说。

“来一杯？”理查德·戈登问高个子。

“谢谢，”另一个说，“我有着哩。”

“别忘了我们，”跟戈登一起进来的两个人中有一个说。

“再来三杯啤酒，”理查德·戈登说；那个黑人倒了三杯啤酒，推过去。在拥挤的人群中，没有多余的空间好让他们抬起胳膊拿三杯啤酒；戈登被挤得贴在那个高个子身上。

“你是从船上下来的？”高个子问。

“不是，是待在这儿的。你从岛上来？”

“我们是今夜从托尔图加斯来的，”高个子说。“我们在那儿闹的乱子可不少，他们不让我们待下去了。”

“他是个赤色分子，”第一个老兵说。

“你要是有一点儿脑筋的话，也会是的，”高个子说。“他们把我们一大批人从那儿打发出来，把我们甩掉；我们确实给他们闹了太多的乱子。”他向理查德·戈登龇牙咧嘴地笑了。

“截住那家伙，”有人喊叫，接着理查德·戈登看到一张很近地出现在他面前的脸挨了一拳。那个挨揍的男人被另外两个人从酒吧间里拉出去。在空地上，一个人又在他脸上狠狠地揍了一下，另一个揍他的身子。他倒在水泥地上，用两条胳膊遮住他的头；他们当中有一个踢他的腰背。在这一段时间里，他没有发出一点声音。其中一个把他猛地一拉，拉得他站起身来，推得他紧紧地贴在墙上。

“让这狗娘养的清醒清醒，”他说；那个人脸色煞白，软绵绵地靠在墙上，这时候，第二个人摆好姿势，膝盖稍微弯曲，然后用几乎垂到水泥地上的右拳往上一挥，揍在那个脸色煞白人的下巴一边。他向前跪倒，接着慢腾腾地打了个滚，脑袋泡在一摊鲜血里。那两个人把他撇在那儿，回进酒吧间。

“老弟，你出拳真棒，”有个人说。

“那个狗娘养的来到城里，把他的工钱一古脑儿存进邮政储蓄银行，然后在这儿转悠，从酒吧柜上偷酒喝，”另一个说。“这是第二回我让他清醒清醒了。”

“这一回你让他清醒了。”

“我揍他那会儿，我觉得他的下巴像一袋弹子似的骨碌碌地滚掉了，”另一个快活地说。那个人靠墙躺着，压根儿没有人注意他。

"听着，你要是像这样揍我的话，那对我不会有一丁点儿影响的，"头上有血的老兵说。

"闭嘴，酒糊涂，"那个让人清醒的人说。"你害上了老梅病[①]。"

"没有，我没有。"

"你们这些醉鬼叫我讨厌，"那个让人清醒的人说。"我干吗要在你身上弄断我的手呢？"

"这正是你应该做的事儿，弄断你的手，"头上有血的人说。"听着，伙计，"对理查德·戈登说，"再来一杯怎么样？"

"他们不是好小伙子吗？"那个高个子说。"战争是一股净化人和使人高尚的力量。问题是，是不是只有在这儿的像我们这样的人才适合当兵呢，或者说，是不是不同的职务把我们塑造成这个模样。"

"我不知道，"理查德·戈登说。

"我倒乐意跟你打赌，在这个房间里的人没有三个是应征过的，"那个高个子说。"这些人是精华。从奶渣上撇出来的、最上面一层的鲜奶油。威灵顿[②]就是带着他们在滑铁卢打胜仗的。胡佛先生[③]把我们撵出了安蒂科斯蒂岛[④]海滩，而罗斯福先生[⑤]把我们运到这儿来抛弃我们。他们办了一个营地，在有些方面就像是在邀请一场流行病来到，可是那些可怜虫没死。他们把我们当中有一些人运到托尔图加斯，可是眼下那儿挺卫生了。再说，我们也不肯容忍。

---

① 俚语，指梅毒。

② 威灵顿(Wellington，1769—1852)：英国元帅，1815年在比利时滑铁卢城镇指挥英、普联军击败拿破仑部队而威名远震。此处是比喻。

③ 胡佛(Hebert Clark Hoover，1874—1964)：美国第31任总统。

④ 安蒂科斯蒂岛(Anticosti)：加拿大魁北克省东南岛屿，位于圣劳伦斯湾内。

⑤ 罗斯福(Franklin Delano Roosevelt，1882—1945)：美国第32任总统。他用新政结束了美国的经济大萧条。

所以他们把我们运回来了。下一步是什么？他们反正得抛弃我们。你看得出，对不对？”

“为什么？”

“因为我们是走投无路的人，”那人说。“一伙没有东西可以失去的人。我们是彻头彻尾被兽性化了的人。我们及不上脑子灵活的斯巴达克思[①]干得那么聪明。不过，要尝试去做一件不管什么事情都是困难重重的，因为我们已经给揍得心都死了，唯一的安慰是喝得稀里糊涂，唯一的骄傲是能忍受。可是我们并不是全都这样。我们中有些人将要反击。”

“兵营里有许多共产党人吗？”

“只有约摸四十个，”高个子说。“全部有两千人。做个共产党人需要遵守纪律，克制自我；一个酒鬼当不了共产党人。”

“别听他说的那一套，”那个头上有血的老兵说。“他是个该死的激进分子。”

“听着，”另一个跟理查德·戈登一起在喝啤酒的老兵说，“让我来告诉你海军里的情况。让我来告诉你，你这该死的激进分子。”

“别听他说的，”那个头上有血的人说。“舰队来到纽约以后，你在黄昏时候从河滨大道那一带上岸去，有一些留着长胡子的老家伙在那儿走，你出一块钱就可以撒尿撒在他的胡子里。你对这有什么想法？”

“我掏钱请你喝一杯，”那个高个子说，“你哪，把那件事儿忘了。我不喜欢听那件事儿。”

“我什么也不忘，”那个头上有血的人说。“你怎么啦，

① 斯巴达克思(Spartacus，？—公元前 71 年)：古罗马奴隶大起义领袖。

伙计？”

“关于那些留长胡子的人的事儿是真的吗？”理查德·戈登问。他感到有点厌恶。

“我对着上帝和我妈起誓，”那个头上有血的人说。“见鬼，那压根儿算不了一回事。”

在酒吧柜旁，一个老兵跟弗雷迪为一杯酒钱争开了。

“这是你喝的，”弗雷迪说。

理查德·戈登望着那个老兵的脸。他已经醉得很厉害了，眼睛充血；他在找碴子。

“你这个该死的撒谎的人，”他跟弗雷迪说。

“八毛五分，”弗雷迪跟他说。

“瞧这儿，”那个头上有血的老兵说。

弗雷迪双手平放在酒吧柜上。他盯着那个老兵看。

“你这个该死的撒谎的人，”那个老兵说，抓起一个啤酒杯要扔；他的手刚碰到杯子，弗雷迪的右手在酒吧柜上抡了个半圆形甩出去，把一个包在一条酒吧间用的毛巾里的大盐瓶砸烂在那个老兵的一边脑袋上。

“干得可利索？”那个头上有血的老兵说。“干得可漂亮？”

“你应该看到他用锯短了的台球杆敲打他们的情景，”另一个人说。

站在那个挨了盐瓶、慢腾腾地倒下去的人身旁的两个老兵，怒气冲冲地望着弗雷迪。“干吗要惩治他？”

“别激动嘛，”弗雷迪说。“这杯酒店里出钱。嗨，华莱士，”他说。“把这家伙拉出去，靠在墙脚边。”

“干得可漂亮？”那个头上有血的人问理查德·戈登。“不是干得很帅吗？”

一个身材粗壮的年轻人把那个挨了盐瓶的人从人群中拖出去。他把他拉得站起身来；那人神情迷茫地望着他。“走吧，”他跟他说。“去吸点新鲜空气。”

那个刚才给清醒过的人靠墙坐着，双手捧着脑袋。

那个身材粗壮的年轻人走到他面前。

“你也走，”他跟他说。“你刚才在这儿惹麻烦。”

“我的下巴给打烂了，”那个给清醒过的人瓮声瓮气地说。血从他的嘴里淌出来，淌到他的下巴上。

“你没给打死还算幸运哩，他揍你那一下真狠，”那个身材粗壮的年轻人说。“你现在就走。”

“我的下巴给打烂了，”另一个沮丧地说。“他们打烂了我的下巴。”

“你还是走的好，”那个年轻人说。“你在这儿只会遇上麻烦。”

他帮那个下巴给打烂了的人站起身来；他摇摇晃晃、磕磕绊绊地走到外面街上去。

“在一个大规模集会的夜晚，我看到过有十几个人躺在那儿墙脚边，”那个头上有血的老兵说。“有一个早晨，我看到那个大黑人提着一个桶，在那儿用拖把擦洗。我不是看到过你提着桶在那儿擦洗吗？”他问那个身材高大的黑人酒吧间服务员。

“是这样，先生，”那个酒吧间服务员说。“有好多回哩。”是这样，先生。可是你从来没有看到我打过一个人。

“我不是告诉过你吗？”那个头上有血的老兵说。“提着一个桶。”

“这看来好像一个大规模集会的夜晚快要来到了，”另一个老兵说。“你看好不好？”对理查德·戈登说。“行吧。咱们再来一杯怎么样？”

理查德·戈登能够觉得自己喝醉了。他的脸，映在酒吧柜后面的镜子里，在他看来，显得陌生了。

“你叫什么名字？”他问那个高个子共产主义分子。

“杰克斯，”那个高个子说。“纳尔逊·杰克斯。”

“你上这儿来以前，在哪儿？”

“啊，各处走走，”那个人说。“墨西哥、古巴、南美，各处走走。”

“我羡慕你，”理查德·戈登说。

“干吗羡慕我？你干吗不找份活儿干？”

“我写了三本书，”理查德·戈登说。“我眼下正在写一本关于加斯托尼亚[①]的书。”

“好，”那个高个子说。“那敢情好。你刚才说你叫什么名字？”

“理查德·戈登。”

“啊，”那个高个子说。

“你这‘啊’是什么意思？”

“没什么，”那个高个子说。

“你看过那些书吗？”理查德·戈登问。

“看过。”

“你不喜欢吗？”

“不喜欢，”那个高个子说。

“为什么？”

---

① 加斯托尼亚(Gastonia)：美国北卡罗来纳州中南部城市。美国最大纺织业中心之一。

“我不想说。”

“说吧。”

“我认为他们尽是胡说八道，”高个子说罢，转身走开去。

“我想这是我的夜晚，”理查德·戈登说。“这是我大受欢迎的夜晚。你刚才说你要什么？”他问那个头上有血的老兵。“我还剩下两块钱。”

“一杯啤酒，”那个头上有血的人说。“听着，你是我的哥儿们。我想你的书是好的。让那个激进主义的杂种见鬼去吧。”

“你没有带一本你的书吧？”另一个老兵问。“哥儿们，我倒乐意看一本。你为《西部故事》或者《王牌战士》写过文章吗？我可以天天看《王牌战士》都看不厌。”

“那个高个子家伙是谁？”理查德·戈登问。

“我可以肯定地说，他不过是个激进主义的杂种罢了，”第二个老兵说。“营地上到处都是他们那号人。我们会把他们撵出去的，可是我可以肯定地说，有一半时间，营地上的大多数人没法记住。”

“没法记住什么？”那个头上有血的人问。

“什么都没法记住，”另一个说。

“你看到我吗？”那个头上有血的人问。

“看到，”理查德·戈登说。

“你料想得到我有个世上最好的、可爱的妻子吗？”

“干吗没有呢？”

“对，我有，”那个头上有血的人说。“她爱我爱得发狂似的。她百依百顺，像个奴隶。‘给我来杯咖啡，’我跟她说。‘行，老爷子，’她说。随即给我端来了咖啡。其他一切事情也是这个样子。她被我迷住了。我一时心血来潮，有个怪念头，她也认为是法律。”

“不过，她在哪儿呢？”另一个老兵问。

“问题就在这儿，”头上有血的人说。“问题就在这儿，哥儿们。她在哪儿？”

“他不知道她在哪儿，”第二个老兵说。

“不只是这样，”头上有血的人说。“我不知道最近我在哪儿见过她。”

“他甚至不知道她待在哪个国家？”

“可是听着，老弟，”头上有血的人说。“不管她在哪儿，那个小姑娘是忠心的。”

“这绝对真实，”另一个老兵说。“你可以拿你的性命为这打赌。”

“有时候，”头上有血的人说，“我想她也许是金杰·罗杰斯[①]，她已经走进影片去了。”

“干吗不是呢？”另一个说。

“然后，我又看到她文静地待在我住的地方。”

“维持着家庭。”另一个说。

“说得对，”头上有血的人说。“她是世上最好的、可爱的女人。”

“听着，”另一个说。“我的老婆子也挺行。”

“没错儿。”

“她死了，”第二个老兵说。“咱们别谈她吧。”

“你结婚了没有，哥儿们？”头上有血的老兵问理查德·

① 金杰·罗杰斯（Ginger Rogers，1911—　）：美国电影女演员，以《女人万岁》影片中表演获1940年奥斯卡最佳女演员奖。

戈登。

“当然啰，”他说。在酒吧柜的另一头，隔开四个人，他可以看到麦克沃尔赛教授的红脸、蓝眼睛和沾着啤酒沫的两撇浅棕色小胡子。麦克沃尔赛教授看着正前方；理查德·戈登在望的时候，他喝光了他那杯啤酒，噘起他的下嘴唇，舔掉他的小胡子上的啤酒泡沫。理查德·戈登注意到他那双蓝眼睛是多么明亮。

理查德·戈登望着他的时候，胸中有一种难受的感觉。接着，他第一回知道，一个男人看着他的妻子将要撇下他而去找的那个男人的时候，会是什么滋味。

“怎么啦，哥儿们？”头上有血的老兵问。

“没什么。”

“你不舒服。我敢肯定地说，你感到难受。”

“没有，”理查德·戈登说。

“你看上去好像见到了鬼似的。”

“你看到那边那个留着两撇小胡子的家伙吗？”理查德·戈登问。

“他？”

“对。”

“他怎么啦？”第二个老兵问。

“没什么，”理查德·戈登说。“他妈的。没什么。”

“他使你烦恼吗？咱们可以狠狠地揍他一顿。咱们三个可以冷不防地对他下手；你可以踢他。”

“不，”理查德·戈登说。“那没用。”

“他走到外面以后，咱们就逮住他，”头上有血的老兵说。“我不喜欢他那副模样。我看那狗娘养的是个坏蛋。”

“我恨他，”理查德·戈登说。“他毁了我的生活。”

“咱们会修理他的，”另一个老兵说。“这下流的家伙。听着，雷德。去弄几个瓶子。咱们会把他活活地揍死的。听着，哥儿们，他什么时候干那件事的？可以吗，咱们再来一杯？”

“咱们还有一块七毛，”理查德·戈登说。

“那么，也许咱们还是来一品脱的好，”头上有血的老兵说。“我现在急着想去撒泡尿。”

“别去，”另一个说。“啤酒对你有好处。这是鲜啤酒。还是照样喝啤酒。咱们去把那家伙狠狠地揍一顿后，回来再喝一点啤酒。”

“不行。别碰他。”

“不行，哥儿们。这可不是我们的事儿。你刚才说那个下流的家伙毁了你的老婆。”

“我的生活。不是我的老婆[①]。”

“原来是这样！请原谅。对不起，哥儿们。”

“他诈骗，毁了那家银行，”另一个老兵说。“我敢打赌，有捉拿他的赏格哪。老天作证，今天我还在邮局里看到过他的相片哩。”

“你在邮局里干什么？”另一个怀疑地问。

“我不能收到信吗？”

“怎么在营地上收到信啦？”

“难道你以为我是去办邮政储蓄的吗？”

“你当时在邮局里干什么？”

“我只是顺便去一下罢了。”

“尝尝拳头的滋味吧，”他的伙伴说，接着尽可能在人群中向

---

① 在英语中，“生活”(life)和“老婆”(wife)发音近似。

他扑过去。

“这两个住同一个营房的干起来了，”有人说。两个互相扭作一团，使劲捶打，跪倒在地，用头顶撞，一路被人推出门去。

“让他们到人行道上去打吧，”那个阔肩膀的年轻人说。“那拨杂种一宵要干上三四回哩。”

“他们两个是一对不中用的拳击手，”另一个老兵说。“雷德从前倒打得不赖，可是他害上了老梅病。”

“他们两人都得了这毛病。”

“雷德在拳击台上揍一个家伙的时候得到这毛病的，”一个矮个子、粗壮的老兵说。“那家伙害老梅病。两个肩膀上和背上长满了疮。每一回，他们互相钳住的时候，那个家伙在雷德的鼻子下，或者嘴巴上用肩膀摩擦。”

“啊，去他的。他干吗把脸转成这个姿势？”

“雷德在贴身扭打的时候，就是这副模样，脸向下，就像这样。这家伙就是紧贴着他摩擦。”

“啊，真他妈的。这故事完全是胡说八道。没有一个人跟另一个人打架会害上老梅病的。”

“这是你的想法。听着，你看到过的生龙活虎的小伙子中，雷德是算得上干干净净的了。我了解他。他原来在我的部队里。他还是个挺好的小战士。我确实认为他好。他还跟一个可爱的姑娘结了婚。我确实认为可爱。可那个本尼·桑普松害他得了老梅病，这就像我站在这儿一样千真万确，半点不假。”

“那坐下吧，”另一个老兵说。“狗娃那家伙是怎么害上的？”

“他在上海害上的。”

“你在哪儿害上的？”

“我没有害上。”

“啤酒沫那家伙在哪儿害上的？”

“在布勒斯特[①]的一个姑娘身上害上的，回国前。”

“你们这些人都老谈到这玩意儿。老梅病。老梅病会叫人有什么不一样？”

“一点没有什么，拿我们现在的情况来说，”一个老兵说。“你害了老梅病，还不是挺快活。”

“狗娃更快活。他不知道他得了病。”

“什么是老梅病？”麦克沃尔赛教授问那个站在酒吧柜前他身旁的人。那个人告诉了他。

“我想不出这么叫的来源，”麦克沃尔赛教授说。

“我不知道，”那个人说。“自从我一入伍以来，我总是听到管它叫老梅病。有的人管它叫梅兄。不过，通常他们管它叫老梅病。”

“我很想知道，”麦克沃尔赛教授说。“那些名称大多数是古老的英国字。”

“他们干吗管它叫老梅病？”麦克沃尔赛教授身旁的那个老兵问另一个。

“我不知道。”

看来没有人知道，可是人人都在享受严肃的哲学讨论的乐趣。

理查德·戈登这会儿站在酒吧柜前麦克沃尔赛教授身旁了。雷德和狗娃打起来的时候，他被推到了那儿；他没有抵制这个行动。

“喂，”麦克沃尔赛教授跟他说。“你要来一杯吗？”

“跟你不来，”理查德·戈登说。

“我想你是对的，”麦克沃尔赛教授说。“你以前看到过这种场

---

① 布勒斯特(Brest)：法国西部菲尼斯太尔省一港市，重要海军基地。

面吗？”

“没有，”理查德·戈登说。

“很奇怪，”麦克沃尔赛教授说。“他们叫人惊奇。我夜晚常来这儿。”

“你遇上过麻烦吗？”

“没有。我干吗会呢？”

“喝醉了打架。”

“我似乎从来没有遇到过什么麻烦。”

“几分钟前，我的两个朋友想要狠狠地揍你一顿。”

“嗯。”

“我倒想让他们干。”

“我想那不会有什么用，”麦克沃尔赛教授用他那种古怪的说话腔调说。“你要是因为我在这儿感到恼火的话，那我可以走。”

“不，”理查德·戈登说。“我倒有点喜欢接近你。”

“嗯，”麦克沃尔赛教授说。

“你结过婚吗？”理查德·戈登问。

“结过。”

“出了什么事儿？”

“我妻子在一九一八年流行性感冒传染期间去世了。”

“你干吗现在想要再婚了？”

“我想现在对婚姻会处理得好一点儿了。我想现在也许我会做个比较好的丈夫了。”

“你就这样挑中了我的妻子。”

“对，”麦克沃尔赛教授说。

“你这该死的东西，”理查德·戈登说，在他的脸上揍了一拳。

有人抓住了他的胳膊。他挣开了，接着有人砰的一下揍在他的耳朵后面。他可以看到麦克沃尔赛教授仍然站在他面前，酒吧柜旁，红彤彤的脸，眨着眼睛。他正在伸手去拿另一杯啤酒，代替戈登泼掉的那一杯；理查德·戈登缩回胳膊再揍他。他这么干的时候，有件东西又在他耳朵后面爆炸了，一下子亮光乱晃，打转，接下来，一片漆黑。

接下来，他站在弗雷迪酒馆的门洞子里。他的脑袋里在嗡嗡地响；挤满着人的房间在摇摇晃晃，微微旋转；他从脑袋一直到胃里都感到难受。他可以看到众人望着他。那个宽肩膀的年轻人站在他身旁。"听着，"他在说话，"你不要在这儿惹麻烦。有这些醉鬼在这儿，打架已经够多了。"

"谁揍了我？"理查德·戈登问。

"我揍了你，"那个粗壮的年轻人说。"那家伙是这儿的常客。你别发火。你别在这儿跟人打架。"

理查德·戈登摇摇晃晃地站在这儿，看麦克沃尔赛教授离开酒吧间前的人群，向他走来。"对不起，"他说。"我不想要任何人揍你。我并不责怪你有这样的感觉。"

"你这该死的东西，"理查德·戈登说，向他逼近。这是他记得的他最后的举动，因为那个粗壮的年轻人摆好姿势，稍微垂下肩膀，又结结实实地给了他一下；这一回，他倒在水泥地上，脸向下。那个粗壮的年轻人向麦克沃尔赛教授转过身去。"行了，博士，"他殷勤地说。"他现在不会打搅你了。不过，他到底怎么回事儿？"

"我得把他送回家去，"麦克沃尔赛教授说。"他会好过来吗？"

"当然喽。"

“帮我把他扶进一辆出租汽车，”麦克沃尔赛教授说。他们两人把理查德·戈登夹在中间扶出来，靠着出租汽车驾驶员的帮助，把他塞进一辆老式T形汽车。

“你肯定他会好过来吗？”麦克沃尔赛教授问。

“你要他恢复知觉的话，只要使劲拉他耳朵就行。给他泼点水。注意他醒过来后别让他打架。别让他抓住你，博士。”

“不会的，”麦克沃尔赛教授说。

理查德·戈登的脑袋仰靠在出租汽车后座上，角度古怪；他呼吸的时候，喘着刺耳的粗气。麦克沃尔赛把一条胳膊垫在他的脑袋下面，免得他的脑袋跟座位碰撞。

“咱们去哪儿？”出租汽车驾驶员问。

“穿过市区，开往另一头，”麦克沃尔赛教授说。“开过公园。一直开到卖鲻鱼的那条街上。”

“那是岩石路。”驾驶员说。

“对，”麦克沃尔赛教授说。

他们经过街上第一家咖啡铺的时候，麦克沃尔赛教授吩咐驾驶员停车。他要进去买一些烟卷。他小心地把理查德·戈登的脑袋放倒在座位上，走进咖啡铺，他走出来，返回出租汽车的时候，理查德·戈登不见了。

“他上哪儿去了？”他问那个驾驶员。

“那个在街上走的就是他，”驾驶员说。

“赶上他。”

出租汽车开到理查德·戈登身旁停住的时候，麦克沃尔赛下车，走到他跟前；他刚才躲躲闪闪地在顺着人行道走。

“来吧，戈登，”他说。“咱们回家去。”

理查德·戈登望着他。

“咱们？”他说，摇摇晃晃地。

“我要你坐这辆出租汽车回家。”

“你见鬼去吧。”

“我希望你上车，”麦克沃尔赛教授说。“我要你平平安安地回家。”

“你那伙歹徒在哪儿？”理查德·戈登说。

“什么歹徒？”

“你那伙狠狠地揍了我的歹徒。”

“那是保安员[①]。我不知道他会打你。”

“你撒谎，”理查德·戈登说。他挥拳向面前那个红脸膛的人揍去，没有打中。他向前一滑，跪倒在地上，接着慢腾腾地站起身来。他的两个膝盖上的皮在人行道上擦掉了，可是他没有发觉。

“来啊，打一架，”他结结巴巴地说。

“我不打，”麦克沃尔赛教授说。“你要是上车的话，我就不管你了。”

“见鬼去吧，”理查德·戈登说，开始在街上走去。

“让他去吧，”出租汽车驾驶员说。“他现在好了。”

“你认为他会好吗？”

“真是见鬼，”出租汽车驾驶员说。“他完全好了。”

“我为他担心，”麦克沃尔赛教授说。

“你不跟他打一架，没法把他弄上车的，”那个出租汽车驾驶员说。“让他去吧。他好了。他是你兄弟吗？”

“在某种意义上说，是的，”麦克沃尔赛教授说。

他望着理查德·戈登在街上躲躲闪闪地走过去，直到消失在阴

---

① 保安员（bouncer）：夜总会、酒馆等雇用的驱逐捣乱者的人。

影中；阴影是那些大树投下的，大树的树枝垂下来，长进地里，像是树根。他望着他的时候，想的事情是不愉快的。这是一桩不可饶恕的罪孽，他想，一桩沉重而使人灵魂灭亡的罪孽[①]和一件极残酷的行为；尽管根据宗教规定，一个人的宗教信仰可以允许有最终结果[②]，我却没法原谅自己。另一方面，外科医生不能因为害怕弄痛病人，在动手术的时候停手。可是，干吗在生活中必须在不施行麻醉的情况下动一切手术呢？要是我是个更好的人的话，我会让他狠狠地揍我一顿的。这样，他会好受一些。这个可怜的蠢货。这个可怜的无家可归的人。我应该跟他待在一起的，可是我知道这叫他更受不了。我对自己感到害臊和厌恶；我讨厌我干的事情。这一切也许结果会一塌糊涂。可是我必须不去想它了。现在我要再采用已经用了十七年的麻醉剂了，也不会用得太久了。尽管现在这可能只是一个我在为沉醉其间制造借口的恶习了。不过，这至少是一个适合于我的恶习。可是我希望我能帮助那个我正在伤害的可怜人儿。

“载我回弗雷迪酒馆，”他说。

---

① 按照基督教的说法，使人灵魂灭亡的七大罪之一是淫邪。

② 指忏悔。

第二十三章

海岸警卫队的小型武装快艇拖着海螺王后号，在礁石和群岛间的执行警卫任务的航道上开过来。不算强烈的北风逆着升起的潮水刮起交叉海浪，那艘小型武装快艇在海浪中被抛上抛下，可是那艘白船被拖着，从容而顺当。

“要不是起了一点儿风的话，船不会颠的，”海岸警卫队艇长说。“它得很好被拖着。那个罗比造船厂造的都是好船。你能听出他那些胡话说的是什么吗？”

“他的话听不出有一点儿意思，”那个副手说。“他的神智完全不清了，尽在说胡话。”

“我想他死定了，”艇长说。“肚子上受了这样的枪伤。你以为他杀了那四个古巴人？”

“谁也说不准。我问了他，可是他不知道我在说什么。”

“咱们再去跟他谈谈，好不？”

“咱们去看看他。”艇长说。

他们让舵手待在舵轮前，顺着航道把船开过那些信标，从驾驶室后面走进艇长室。哈里·摩根躺在那儿的铁管床上。他的眼睛原来闭着，可是艇长抚摸他宽阔的肩膀的时候，他睁开了眼睛。

“你觉得怎样，哈里？”艇长问他。哈里望着他，不说话。

“你要我们给你拿点什么吗，老弟？”艇长问他。

哈里·摩根望着他。

“他听不见你的话，”那个副手说。

“哈里，”艇长说，“你要什么吗，老弟？”

他用摆在床旁常平架上的水瓶打湿了一条毛巾，沾湿摩根的开裂得很厉害的嘴唇。嘴唇干燥、乌黑。望着他，哈里·摩根开始说话了。“一个人，”他说。

“当然喽，”艇长说。“说下去。”

“一个人，”哈里·摩根说得很慢。“再怎么都得不到一点儿都得不到确实不能绝对找不到一条生路。”他停住嘴。他说话的时候，脸上没有一丝表情。

“说下去，”艇长说。“告诉我们，谁干的事儿。这是怎么发生的，老弟。”

“一个人，”哈里说，这会儿用他那双长在高颧骨的阔脸上的窄眼睛望着他，这会儿试着告诉他。

“四个人，”艇长帮助提醒他。他又沾湿他的嘴唇，绞毛巾，把一两滴水滴进他的嘴唇。

“一个人，”哈里纠正说，接着停住嘴。

“好吧。一个人，”艇长说。

“一个人，”哈里又说，说得很没有生气、很慢，用他那张干燥的嘴说。“现在，情况变得这样他们落到这般光景，不管怎么样完了。”

艇长望望那个副手，摇摇头。

“是谁干的，哈里？”那个副手问。

哈里望着他。

“别跟你自己乱开玩笑，”他说。艇长和副手都向他弯下身去。这时候，话来了。“像试着在一些小山顶上超过一些汽车。在古巴那条路上。在任何路上。在任何地方。就像那样。我的意思是说，情况就是这样的。他们的情况就是这样子的，完了。在一段时间里，是行的，当然没问题。也许运气好。一个人。”他停住嘴。艇长又对副手摇摇头。哈里·摩根没有生气地望着他。艇长又沾湿哈里的嘴唇。嘴唇在毛巾上留下一个血渍。

“一个人，”哈里·摩根说，望着他们两人。“一个人独自个儿干不成的。现在没有人独自个儿干得成了。”他停住嘴。“不管怎么样，一个人独自个儿决不可能有一点儿他妈的该死的机会。”

他闭上眼。这件事儿他花了好长的时间才明白；他花了一辈子才弄懂。

他躺在那儿，眼睛又睁开来了。

“得了，”艇长跟副手说。“你肯定不要什么，哈里。”

哈里·摩根望着他，可是不回答。他已经告诉他们了，可是他们没有听到。

“我们会再来的，”艇长说。“别急，老弟。”

哈里·摩根望着他们走出船舱。

那个副手在驾驶舱的前部，望着舱内在暗下来，从桑布雷罗岛[①]上射来的灯塔光掠过海面，说：“他这样尽说胡话，真叫人担心。”

“可怜的家伙，”艇长说。“好啦，现在咱们很快就要到了。半夜以后不久，咱们就把他送到了。要是咱们用不着因为拖了一艘船速度要减慢的话。”

“你想他会保全性命吗？”

“不会，”艇长说。“不过，这种事谁也说不准。”

---

① 桑布雷罗岛（Sombrero）：西印度群岛东部维尔京群岛中一小岛，上有灯塔。

第二十四章

那地方过去是潜水艇基地，现在已经改成停泊游艇的内港了；入口处的那两扇铁门关着；门外，黑沉沉的街上有许多人。那个看门的古巴人奉命不准放任何人进去；人群挤在栅栏上，通过铁条间的空隙望进去，望着被游艇上的灯光照亮的黑黢黢的场地，那些游艇一溜儿系泊在河里的一个个狭长的码头上。人群静得只有基韦斯特的人群才办得到。两个在一艘游艇上的人用手和胳膊肘推推搡搡，挤出一条路来，走到大门前那个看门人身旁。

“嗨。你们不能进去，”那个看门人说。

“到底怎么啦？我们是从一艘游艇上下来的。”

“任何人不准进去，”那个看门人说。“回去。”

“别犯傻，”其中一个游艇上的人说，把他推开，向那条通往码头的路走去。

他们后面是那群在大门外面的人；那个小个子看门人戴着帽子，嘴唇上留着两撇长长的小胡子，显出一副权威受挫折的神情，浑身不自在和焦急，巴不得有一把钥匙，把大门锁上。他们两人兴冲冲地迈着大步向那条往上斜的路走去的时候，看到前面有一群等在海岸警卫队码头上的人，然后在那群人身旁走过。他们没有注意那群人，只是沿着船坞一路走去，走过一个个系泊着其他游艇的码头，一直走到第五号码头前，在泛光灯的照耀下，在码头的外部搁着一条跳板；跳板的一头搁在粗糙的木头码头上，另一头搁在“新埃克苏马二号”的柚木甲板上。他们坐在主船舱中一张长桌旁的皮椅里；桌上乱糟糟地摆着一些杂志。其中有一个人在打铃叫船上的服务员。

“威士忌苏打，”他说。“你呢，亨利？”

“也是，”亨利·卡彭特说。

“刚才在大门口的那个蠢货怎么啦？”

“我不知道，”亨利·卡彭特说。

穿着白上衣的服务员送来两杯酒。

“放那些我在晚饭后取出来的唱片，”游艇主人，他名叫华莱士·约翰斯顿，说。

“我怕我把它们收好了，先生，”那个服务员说。

“你真该死，”华莱士·约翰斯顿说。“那么，放那套巴赫[①]新唱片集吧。”

“是，先生，”那个服务员说。他走到唱片柜前，取出一套唱片，拿着唱片走到唱机前。他开始放《萨拉班德舞曲》。

“你今天看到汤米·布拉德利吗？”亨利·卡彭特问。“我在飞机进港的时候，看到他的。”

“我对他受不了，”华莱士说。“对他和对他那个破鞋老婆都受不了。”

“我喜欢埃莱娜，”亨利·卡彭特说。“她干起来妙极了。”

“你尝过那滋味吗？”

“那还用说。妙不可言。”

“不管怎么着，我对她受不了，”华莱斯·约翰斯顿说。“他们到底干吗要住在这儿？”

---

① 巴赫(Johann Sebestian Bach，1685—1750)：德国作曲家，管风琴家，作品把巴洛克音乐风格发展到淋漓尽致的地步。

“他们有一个美好的住所。”

“那是个很好的、停游艇的、小小的内港，水里没有障碍物，”华莱士·约翰斯顿说。“汤米·布拉德利真的是阳痿的吗？”

“我想不是。你听到几乎人人都阳痿。他只是气量大罢了。”

“气量大是了不起的。她当然是个气量大得跟任何男人都能睡觉的骚娘们儿，要是有这样的娘们儿的话。”

“她是个好得异乎寻常的女人，”亨利·卡彭特说。“你会喜欢她的，沃利[①]。”

“我不会的。”华莱士说。“她集中反映了我讨厌的女人身上的一切特点；汤米·布拉德利呢，体现了我讨厌的男人身上的一切特点。”

“你今夜显出你说话冲得吓人。”

“你从来没有很冲的看法，因为你没有坚定的看法，”华莱士·约翰斯顿说。“你没法打定主意。你甚至不知道你是个怎样的人。”

“咱们别谈我，”亨利·卡彭特说。他点了一支烟卷。

“我干吗要不谈呢？”

“这个，你可能有的一个理由是，因为我跟你一起上了你这艘该死的游艇，而且我至少经常干你要干的事儿，这样就免得你去用钱软缠硬逼那些餐厅服务员助手和船员，事情一件接一件，就不免会让人知道你是怎么样的人，他们是怎么样的人。”

“你的情绪倒真是好极了，”华莱士·约翰斯顿说。“我从来不用钱去软缠硬逼人。”

“是不。你太小气了，舍不得花钱。除了我，你还有像我这样的朋友嘛。”

---

① 沃利(Wally)：华莱士的昵称。

"我没有其他像你这样的朋友。"

"别花言巧语哄弄我，"亨利说。"今夜，我不想干这事儿。去吧，去放你的巴赫，骂你的服务员，稍微多喝一点儿，然后上床睡觉。"

"你怎么变得这样子？"另一个人说，站起身来。"你怎么变得他妈的这么别扭。你可不是了不起的好货，你知道。"

"我知道，"亨利说。"我明天会，哦，快活的。可是今夜是个糟糕的夜晚。难道你从来没有察觉夜晚有什么不一样吗？我想，你只要钱足够了，那就没有一点儿不一样了。"

"你讲话像个女学生。"

"明儿见，"亨利·卡彭特说。"我不是女学生，也不是男学生。我要去睡了。明天早晨，一切都会非常快活的。"

"你输掉了什么？这是你这么闷闷不乐的原因吗？"

"我输掉了三百。"

"是这样吗？我告诉过你，到底出了这种事儿。"

"你永远知道，对不对？"

"可是瞧。你输掉了三百。"

"我输掉不止这个数。"

"还有多少。"

"满堂红①，"亨利·卡彭特说。"永远的满堂红。我现在玩的那架机器不再出现满堂红了。今夜我只是碰巧想到这事儿罢了。通常，我没有去想。我要去睡了，所以我不会叫你厌烦了。"

"你没有叫我厌烦。不过，不管怎样，千万别这么粗暴。"

"我怕我是粗暴，叫你厌烦。明儿见。明天，一切都会好起

① 满堂红（jackpot）：玩"吃角子老虎"机器时，机器中的硬币全部吐出的名称。

来的。”

“你真他妈的粗暴。”

“接受或者不接受，由你便，”亨利说。“我这辈子两样都干。”

“明儿见，”华莱士·约翰斯顿充满希望地说。

亨利没有回答。他在听巴赫。

“别这样上床去睡觉，”华莱士·约翰斯顿说。“干吗这么喜怒无常呢？”

“别说了。”

“我干吗要别说呢？我以前看到过你摆脱这种情绪。”

“别说了。”

“来一杯，振作起精神来。”

“我不要来一杯，它也振作不起我的精神。”

“好吧，那么，去睡吧。”

“我去了，”亨利·卡彭特说。

这就是那夜在“新埃克苏马二号”上的情景。船上有十二个船员，领头的叫尼尔斯·拉森，船长；乘客有华莱士·约翰斯顿，船主，三十八岁，哈佛大学文科硕士，作曲家，收入来自丝绸厂，未婚，被剥夺在巴黎的居留权，从阿尔及尔[①]到比斯克拉[②]都大名鼎鼎；还有一个客人，亨利·卡彭特，三十六岁，哈佛大学文科硕士，现在从他母亲的信托基金中每月得到两百元，以前是每月四百五十元，直到掌管这笔信托基金的银行把一种良好的证券调换成另一种良好的证券，又调换成另一种不怎么好的证券，最后，调换成一种那家银行承担责任的一幢办公大楼股票，结果，股票一钱不

① 阿尔及尔(Algiers)：阿尔及利亚首都和主要海港。
② 比斯克拉(Biskra)：阿尔及利亚东北部比斯克拉省的省会。

值。亨利·卡彭特在这次收入减少好久以前，就有人谈论过他，说哪怕没有降落伞，他从五千五百英尺的高空掉下的话，会安全地双膝着陆在哪一个有钱人的桌子底下。可是他认为寻乐子就得有好伙伴。尽管他只是在近来，而且次数也极少，有这种想法，或者像今晚那样表示出这种看法，他的朋友们已经有一些时候感觉到他的精神在垮下去。有些人凭本能感觉到他们一伙人中有一个变得不对头后，要是毁不了他的话，就会产生把他撵出去的健康的欲望，这就是有钱人的本性；要不是他被感觉到精神在垮下去的话，他就不会落到接受华莱士·约翰斯顿的友好款待的地步。实际上，那个有相当特殊的癖好的华莱士·约翰斯顿是他的最后一站。他在防卫他的地位，而不是蠢得用献殷勤去结束他们的关系；他接下来就变得说话粗暴，而且老老实实地表明他们不可能长久相处，这样做倒反而迷惑和勾引住另一方，因为考虑到亨利·卡彭特已经年纪不小，华莱士·约翰斯顿对他的百依百顺可能容易感到厌烦。亨利·卡彭特就这样一礼拜一礼拜地，哪怕不是一个月一个月的话，延迟自杀。

他不值得为之活下去的那笔钱比三天前去世的捕鱼人艾伯特·特雷西用来养家活口的钱，每月多一百七十元。

其他的游艇停泊在一个个狭长的码头上，那些游艇上有其他人和其他问题。在一艘最大的游艇——一艘漂亮的、只有前桅有横帆的黑色三桅船——上，一个六十岁的粮食经纪人躺在床上睡不着觉，在为他收到的那份他的办事处发出来的报告担心，报告上写的是国内收入署的调查员的活动情况。通常，在夜晚这个时候，他会用加冰块的苏格兰威士忌酒平息他的担心，他的心境会跟海岸地区的任何一个老哥儿们一样狠和不顾后果；事实上，他在性格和行为准则方面，跟他们是一模一样的。不过，他的医生不准他在一个月内喝任何烈酒，正确地说是三个月；他们的原话是，要是他不能至少在三个月内滴酒不喝的话，在一年内，酒会要了他的命，所以他不得不戒一个月酒；这会儿，他在担心他离开城里的时候，国内收入署打给他的那个电话，电话偏偏问他要上哪儿去，他是不是打算离开美国近海水域。

这会儿，他穿着睡衣裤，躺在宽阔的床上，头下面垫着两个枕头，阅读台灯的灯光亮着，可是他没法把注意力集中在书上，那是一本叙述一次加拉帕戈斯群岛[①]旅行的书。从前，他再怎么也不把她们带到这张床上来。他把她们安排在各自的船舱里，而他在完事以后回到这张床上来。这是他自己的特等舱，像他的办公室一样是他个人的。他再怎么也不要一个女人进他的房间。什么时候他需要一个女人，他就上她的房间去；他干完后，就完事了；既然他永远完了，他的脑子里有那种从前在完事以后一直有的影响，那种同样的清醒的冷静。这会儿，他躺着，没有一点儿叫人舒心的模糊感觉，不依赖那种许多年来一直在安慰他的头脑和温暖他的心的酒精引发的勇气；他想要知道署里掌握了什么，他们发现了什么，他们会歪曲些什么呢，哪一些他们会接受是正常的，哪一些他们会坚持说是借口；他可不怕他们，而只是恨他们和他们的权力；他们会非常霸道地运用这种权力，而他自己所有的坚硬、微小、强韧和持久的霸道行为——这是他获得的唯一永久的东西，而且确实管用——将会被攻破，而且要是他居然变得害怕的话，就将会被粉碎。

他并不想任何抽象的东西，而是想买卖、营业额、转账和贿赂。他想多少股份、多少包粮食、多少千蒲式耳[②]、多少期权[③]、多少控股公司、信托公司和子公司；他仔细思考这些事情的时候，知

---

① 加拉帕戈斯群岛(Galapagos)：位于厄瓜多尔西部，即科隆群岛。
② 蒲式耳(bushel)：在美国等于35.238升，在英国等于36.368升。
③ 期权(option)：按规定的价格在规定的期限内买卖股票、货物等的特权。

道他们掌握了许多情况，足够使他有多少年不得太平。要是他们不留情面，追根究底的话，那就会很糟糕。从前，他不会担心，可是现在他身子内好勇斗狠的部分跟其他部分一样衰退了；现在，他独自个儿处在这种状态中；他躺在那张又大又宽、年代悠久的床上，既没法看书，又睡不着觉。

他的妻子同他勉强维持了二十年关系，在十年前离婚了。他从来没有惦记过她，也没有爱过她。他是用她的钱开始干的；她给他生了两个儿子，两人都像他们的妈，是蠢货。他一直待她很好，直到他赚的钱成为她原先的资金的一倍，那样，他就可以完全不注意她了。他的钱增加到这么多以后，他再也不为她的叫人厌烦的头痛、她的抱怨，或者她的打算感到烦恼过。他不理睬那些玩意儿了。

他有叫人羡慕的做投机买卖的禀赋，因为他有异乎寻常的性功能，这给了他善于赌博的信心；判断力、了不起的数学头脑、始终不变可是受到控制的怀疑心理；这种怀疑心理对正在逼近的灾难是那么敏感，就像一个精确的膜盒气压计对大气压力那样；有效的时间感使他设法避免遇上涨到顶峰或跌进低谷。凭着这些优点，再加上不讲道德，又有能力使人们喜欢他，而他却从来不拿喜欢或者信任他们作为回报，偏偏使他们热烈和诚挚地相信他的友情；不是一种漠不关心的友情，而是一种对他们的成功那么关心的友情，使他们不由自主地成为沆瀣一气的同伙；他从不后悔，也从来没有一点同情心；这一切使他待在眼下这个地方。他眼下待在这儿，只是穿着一套条子绸睡衣裤，躺在一张床上，那套睡衣裤盖着他的洼下去的老人的胸脯、他的小小的鼓起的肚子、他从前引以为骄傲的、现在却没有用的、大得不成比例的那活儿，和他那两条小小的、松弛的大腿；他睡不着觉，因为他终于后悔了。

他后悔的是，想到要是他五年以前别那么精明过头的话，那就好了。当时，他本可以不玩弄手段偷税的；要是他这么办了的话，他现在就没事了。他就这么躺着想这事儿；末了，他睡着了；可是因为反悔一旦找到了裂缝，就开始渗进去了，因为他的脑子像他醒着的时候那样继续在活动，他不知道他睡着了。所以没有休息；在他这个年纪上，用不着多久，他就会受不了的。

他过去经常说，只有没有见过世面的蠢货才担忧，而现在他要一直避免担忧，直到他睡不着为止。他可能避免掉担忧，直到他睡着为止，不过，那时候，担忧就会闯进来；既然他已经这么老了，闯进来也就不难了。

他用不着为他对别人干了些什么担忧，也不用担忧由于他的缘故而别人发生了什么事情，也不用担忧他们是怎样的结局，也不用担忧那家人离开了莱克肖尔[①]大道旁的房子，在奥斯丁[②]郊区接受搭伙的房客；也不用担忧他们的初入社交界的女儿们，在她们有职业的时候，是牙医生的助手；也不用担忧那个夜班警卫员，在六十三岁上，死在最后那个冷僻的岗位上；也不用担忧那个人在一天大清早，吃早餐以前，开枪结果了自己的性命，他的一个孩子发现了他，他那副血肉模糊的样子真吓人；也不用担忧那个人正乘着高架铁路火车从贝里恩[③]赶去工作，那是说在有工作的时候，最初是兜销债券，然后是汽车，后来是挨户推销新奇的和特别的小商品（我们不要小贩上门，出去，门砰的一声在他面前关上）；最后，他改变了他爸爸采用过的方式，没有从四十二层高楼上斜跳下来，像鹰掉下来的时候那样洒下许多羽毛，而是在从奥罗拉[④]开到埃尔金[⑤]的

① 莱克肖尔（Lake Shore）：美国明尼苏达州中部卡斯县行政村。
② 奥斯丁（Austin）：美国明尼苏达州东南部城市。
③ 贝里恩（Berwyn）：美国伊利诺伊州东北部库克县城市。
④ 奥罗拉（Aurora）：美国达科他州一县。
⑤ 埃尔金（Elgin）：美国伊利诺依州工业城市。

火车开到他面前的时候，他向第三号铁轨迈了一步；他的大衣兜里装满着卖不掉的打蛋和榨果汁两用器。让我来演示给你看，太太。你按在这儿，把这儿这个小玩意儿拧下去。现在，瞧。不，我不要。来一个试试吧。我不要。出去。

他就这样走出来，来到人行道上，两旁是木板房和荒凉的院子、光秃秃的梓树；那儿没有人要那玩意儿和别的东西；人行道一直通到从奥罗拉开往埃尔金的火车的铁轨前。

有的人从公寓上或者办公室窗子里高高地摔下；有的人在放两辆汽车的车库里悄悄地用开着的汽车了结自己；有的人按照这个国家的传统用科尔特牌左轮手枪或者史密斯和韦森牌左轮手枪办事；这些构造精良的工具，只要手指头一扳，就结束失眠症，中止反悔，治愈癌症，避免破产，并且从忍受不了的处境中砰的一响炸出一个出口；这些妙极了的美国器械携带是这么方便，效果是这么可靠，用来结束一个已经成为梦魇的美国梦是设计得这么好；它们的唯一缺点是它们留给家属们清洗的那种血肉模糊的模样。

他毁掉的那些人开辟出这一切形形色色的出口，脱离人间，这并不叫他担忧。总得有人输；只有没有见过世面的蠢货才担忧。

不，他用不着想他们，也用不着想成功的投机带来的那些副产品。你赢了；总得有人输；只有没有见过世面的蠢货才担忧。

对他来说，只要想想一件事就够了：在过去的五年里，要是他不那么精明过头的话，那就不知要好多少；可是在他那把年纪上，有短短一会儿，他产生了想要改变已经没法挽回的事情的愿望，那样就会打开一道让担忧溜进来的裂缝。只有没有见过世面的蠢货才担忧。要是他来一杯威士忌苏打的话，他就能消除担忧。让医生的话见鬼去吧。他随即打铃要酒；服务员满脸睡意地进来；他喝酒的时候，那个投机家这会儿不是没有见过世面的蠢货了；除了死亡以外。

挨在另一边的那艘游艇上，有一家子和气、乏味和正派的人都睡着了。爸爸的良心好；他侧躺着，睡得很沉；脑袋上方的画框里，一艘快速帆船在乘风前进；阅读灯亮着，一本书掉落在床边。妈妈睡得挺香，梦见了她的花园。她五十岁，可是漂亮、生气勃勃、保养得很好；她睡着的模样挺动人。女儿梦见着她的未婚夫；明天，他会乘飞机赶来。她睡着了，却时不时动一动身子，在睡梦中在为不知什么事情笑出声来；她没有醒，蜷缩两个膝盖，几乎贴到下巴上，像一只猫似的弯曲着，一头卷曲的金发，皮肤光滑的漂亮的脸蛋儿；她睡着后，看来跟她妈妈做姑娘的时候很像。

他们是幸福的一家子；大家相亲相爱。爸爸是个有公民自豪感和好工作的人，他反对禁酒，生性豁达，而且慷慨，富有同情心，通情达理和几乎从来不恼火。游艇上的船员工资高，伙食好，住得也好。他们都尊重主人，喜欢他的妻子和女儿。那个未婚夫是髑髅和骨头社[①]社员，被公认为极可能发迹，被公认为他极得人心，他仍然想别人胜过想自己；除了一个像弗朗西丝那样可爱的姑娘以外，任何人都配不上他。他也许对弗朗西丝也太好了一点儿；不过，也许这要到多年以后，弗朗西丝才会察觉；要是幸运的话，她可能永远不会察觉。被选定为骨头效力的那种类型的人是极少被选定在床上效力的人；可是在一个像弗朗西丝那样可爱的姑娘看来，意图跟行为同样重要。

所以不管怎样，他们都睡得很好；不过，他们大伙儿那么幸福地拥有钱而且使用得那么妥当和得体，这钱是从哪儿来的呢？钱是

---

① 髑髅和骨头社（Skull and Bones）：1832 年，威廉 · 亨廷顿 · 罗素从德国回美，在耶鲁大学同阿尔方索 · 塔夫脱一起建立了一个极秘密和入社限制极严的学生社团，取名髑髅和骨头社。第一批社员共 15 人。该社社员被称为“骨头人”，大都是一些思想反动、态度专横、自命不凡的所谓名门子弟。

从几百万瓶地出售、人人享用的那种东西[①]得来的，制作的成本是三分钱一夸脱，售价是大瓶（一品脱装）每瓶一元，中瓶是每瓶五毛，小瓶是每瓶两毛五。不过，买大瓶比较上算；你要是一礼拜挣十元的话，花的钱跟你是个百万富翁那样，是完全一样的；货品的确棒。它就像所说的那样起着作用，而且还不止哩。全世界的表示感激的受用者会源源不绝地来信说发现新的用途；老的受用者呢，忠于它，就像那个未婚夫哈罗德·汤普金斯忠于髑髅和骨头社或者像斯坦利·鲍德温[②]忠于哈罗。既然那样在挣钱，就不会有自杀；在“阿尔齐拉三号”上，人人都睡得很沉：船长乔恩·雅各布森、十四个船员、船主和一家人。

在第四号码头上，停泊着一艘三十四英尺长的前桅高、后桅低的游艇，游艇上有两个爱沙尼亚人；世界上有三百二十四个爱沙尼亚人——他们是其中两个——分乘着二十八到三十六英尺长的船，在世界各地航行，向爱沙尼亚的各地报纸发回种种报道。那些报道在爱沙尼亚大受欢迎。每篇专栏文章使它的作者得到一元至一元三毛之间的美金。文章所占的位置是美国报纸上棒球或者橄榄球讯息占的位置，而且归在“我们的英勇的航海的记事”这个标题下面。南方临海的、经营得很好的游艇内港里，至少要有两个脸上的皮肤被阳光晒黑、头发被盐水泡淡的爱沙尼亚人，要不，就算不上完美无缺。他们在等最近一篇报道的支票。支票一到，他们就会把船开到另一个停泊游艇的内港去，写另一篇记事。他们也很幸福。几乎跟“阿尔齐拉三号”上的人一样幸福。当个英勇的航海者，是件了不起的大事情嘛。

---

① 这是暗指当时流行的斯隆搽剂。

② 鲍德温是英国保守党政治家，1923年至1937年间曾三次出任首相，纵容法西斯侵略政策。哈罗是指他曾就学其间的哈罗公学。

在“伊里迪亚四号”上，一个非常有钱的人的职业性的女婿和他的名叫多萝西的情妇睡着。多萝西是工资很高的好莱坞导演约翰·霍利斯的妻子。导演的脑子在硬撑着，要让它比他的肝后死，这样他在临终的时候，就会自称是共产主义者，拯救他的灵魂，他的其他器官都烂得那么厉害，没法挽救了。那个女婿，个子很大，像招贴画上的男人那样漂亮，仰面躺着，在打呼噜，可是多萝西·霍利斯，那个导演的妻子，醒着；她穿上一件晨衣，来到外面甲板上，眺望停泊游艇的内港的黑沉沉的海水，一直看到防波堤现出的那条线上。甲板上挺凉；风吹乱她的头发；她把吹到她的晒黑了的额头上的头发向后捋平，接着把她的晨衣更紧地裹住身子，因为天气凉，她的奶头鼓起来了；她注意到一艘从防波堤外面开进来的船的灯光。她望着灯光稳定而快速地移动，接下来，在内港进口处，那艘船的探照灯开亮了；探照灯光猛地掠过水面，扫过她面前的时候，她眼睛前漆黑一片；灯光照到海岸警卫队的码头上，照亮了等在那儿的一群人和从殡仪馆开来的那辆黑得发亮的新救护车，这辆车在葬礼上兼作柩车用。

我想我还是服点鲁米那①的好，多萝西想。我一定要睡一会儿。可怜的埃迪醉得像死人。这表明他已经喝到这个份儿上了，他真可爱，可是他醉得马上睡着了。他多么逗人喜爱啊。不用说，我要是跟他结婚的话，他会跟别人去混的，我想。不过，他真逗人喜爱。可怜的宝贝儿，他醉得这么厉害。我但愿他早晨不会难受得没命。我得去梳理头发的波浪，睡上一会儿。头发简直乱得不像样了。我要为他打扮得讨人喜欢。他真逗人喜爱。我巴不得带一个女佣人来。可是，不行。哪怕贝茨也不行。我想不出可怜的约翰怎么样了。啊，他也逗人

① 鲁米那(Luminal)：一种安眠药，苯巴比妥的商标名。

喜爱。我但愿他好一点儿。他的可怜的肝。我巴不得我在那儿照看他。我该去睡上一会儿，免得明天模样吓人。埃迪真逗人喜爱。约翰也是这样，还有他的可怜的肝。啊，他的可怜的肝。埃迪真逗人喜爱。我但愿他没有醉得那么厉害。他个儿这么大，性情那么快活，真是呱呱叫，没错儿。也许他明天不会醉得那么厉害了。

她走到下边去，摸回到她的房舱里，坐在镜子前，开始刷一百下头发。长长的猪鬃刷子刷过她的可爱的头发的时候，她对着镜子里的自己微笑。埃迪真逗人喜爱。可不是，他确实是。我巴不得他没有醉得那么厉害。男人都要那样出点毛病。瞧约翰的肝。不用说，你瞧不见他的肝。那模样一定实在可怕得要命。你瞧不见他的肝，我感到高兴。不过，男人身上没有一样是真的难看的。不过，他们对它怎么想，倒是挺有趣的。不过，我认为是肝。或者腰子。串烤腰子。有几个腰子呢？除了胃和心以外，几乎样样都有两个。当然啰，脑子也只有一个。行了，一百下到了。我喜欢刷头发。在你做的事情中，几乎只有这一件是对你有好处而且是有趣的。我的意思是说你亲手干的事情。啊，埃迪真逗人喜爱。我就走进去吧。不行，他醉得太厉害了。可怜的孩子。我要服鲁米那了。

她望着镜子里的她自己。她漂亮得异乎寻常，小小的、非常美的身段。啊，我会行的，她想。身上有的部分不及其他部分好，可是我还会行一些日子的。不过，你总得睡觉啊。我喜欢睡觉。我但愿能美美地、自然地、真正地睡上一觉，就像我们在做小孩子的时候那样的睡觉。我想，这事跟我们的成长，结婚，生孩子，然后喝酒太多，还有做一切你不该做的事情有关。你要是能睡得好的话，我认为不管哪一件事情都不会对你不好。喝酒太多的除外，我想。可怜的约翰和他的肝，还有埃迪。不管怎样，埃迪是宝贝儿。他真逗。我还是服点鲁米那的好。

她对镜子里的她自己扮了一个鬼脸。

“你还是服点鲁米那的好，”她拿起摆在床头柜上的那个镀铬的保暖瓶，倒了一玻璃杯水，服下鲁米那。

这叫你神经紧张，她想。可是，你非睡觉不可啊。我拿不准要是埃迪和我结了婚的话，他会怎么样。他会跟一个年纪比较轻的女人勾搭上，我想。我想他们跟我们一个样，并不能改变他们生成的这个模样。我就是要干许许多多回那件事儿；我感到那太妙了；至于另一个人，或者另一个新人，那压根儿算不上一回事儿。要紧的是干那件事儿；只要他们跟你干，你会永远喜欢他们的。我的意思是说，同一个人。可是他们不是生来这样的人。他们要新人，或者年纪更轻的人，或者要一个他们不该要的人，或者要一个面貌像另一个人的人。或者你要是浅黑色皮肤、浅黑色眼睛的话，他们就要一个白皮肤、绿眼睛、金头发的。或者你是白皮肤、绿眼睛、金头发的话，他们就去追求红头发的。或者要是你是红头发的话，那么，就会找另一个。一个犹太姑娘，我想；要是他们真的要够了的话，那他们就会要中国人，或者同性恋的女人或者天知道是什么人。我不知道。要不，他们是确实感到腻烦了，我想。要是他们就是这个样子的话，你也没法责怪他们了；我对约翰的肝也没有办法，或者说他喝得那么多，把身子糟蹋得一塌糊涂，我也没有办法。他真好。他真妙。他真是这样。他的确是这样。埃迪呢，也是这样。可是他眼下喝醉了。我想，我最后会变成像条母狗那样的骚货。也许我眼下就是了。我想，你变成骚母狗后，你也一点不知道。只有她最好的朋友会跟她说。你从温切尔①先生的专栏中读不

① 温切尔（Walter Winchell，1897—1972）：英国记者和广播员，1924年在《纽约写真晚报》主持专栏《在百老汇》长达5年之久。后来进《纽约每日镜报》。该报1963年以前一直刊登他由辛迪加广为散发的专栏文章。

到。那将是一个由他播出的崭新的好名词。骚母狗性。约翰·霍利斯太太像条狗似的从海岸来到城里。比娃娃更单纯，更普通，我想。不过，女人确实日子不好过。你越是对一个男人好，越是对他表示你爱他，他越是快地对你感到腻烦。我认为，那些好男人天生该有许许多多妻子，可是你自己试着去做许许多多男人的妻子却累得要命；然后，当他对这感到腻烦的时候，一个简单的人就接受他。我认为，我们最后都会变成骚母狗，可是这是谁的过错呢？骚母狗有极大的乐趣，可是你要做个好女人却不得不真的愚蠢得要命。像埃莱娜·布拉德利。要做个好女人得愚蠢、好心而且真的自私才行。说不准我已经是了。他们说，你自己也拿不准，可你总是自以为不是。一定有对你和对那件事儿不感到腻烦的男人嘛。一定有。可是谁拥有着他们呢？我们认识的那些人都是在不对头的教养中长大的。现在我们别去谈那一套。不，别去谈那一套。也别又去谈所有那些汽车啊、舞会啊。我但愿那鲁米那会起作用。该死的埃迪，真该死。他真的不该醉得这么厉害。这不公平，真的不公平。没有人能改变他们长成这个模样，可是喝得烂醉跟那可一点儿没有关系。我认为，我是条骚母狗，没错儿，可是我这会儿着着实实地躺在这儿，要是整整一宿睡不着觉的话，那我会发疯的；要是我服那该死的玩意儿服得太多的话，那明天早晨我会整天感到难受；而且以后，有时候，它就不会使你睡着了；不管怎样，我会动不动就发火，神经紧张和感到不好受。啊，得了，我倒不如干那事儿。我不喜欢，可是你能有什么办法呢？你能有什么办法呢，只有这样干，干那事儿，哪怕，哪怕，哪怕不管怎样，啊，他是逗人喜爱的，不，他不是，我是逗人喜爱的，可不是，你是，你是可爱的，啊，你是这么可爱，可不是，可爱；我并不要干，可是我在干了，这会儿我真的在干了，他是逗人喜爱的，不，他不是，他甚至不在这儿，我在这儿，我一直在这儿，我是个没法走掉的人，不行，再怎么也走不掉。你是逗人喜爱的人。你可爱。可不是，你是可爱，你可爱，可爱，可爱。啊，可不是，可爱。你就是我。就是这样的嘛。就是这么回事嘛。一直像现在这样和等现在过去，又怎么样。现在都过去了。好吧。我不在乎。这又有什么不一样呢？要是我不感到难受的话，那也没什么不好。我可没有难受。现在，我觉得快要睡着了。我要是醒来的话，在我确实醒来以前，我会再干那事儿的。

她随后去睡了，在她最后睡着以前，没有忘了转过身去侧睡，这样她的脸就不会贴在枕头上了。不管她多么瞌睡，她不会忘了那种把脸贴在枕头上的睡相有多么糟糕。

还有另外两艘游艇在海港内，可是那艘海岸警卫队的船拖着弗雷迪·华莱士的那艘海螺王后号，开进黑沉沉的停泊游艇的内港，靠上海岸警卫队的码头的时候，两艘游艇上的人都睡着了。

第二十五章

人们从码头上递下一副担架；在船长舱房外的一道探照灯光下，小型武装快艇的漆着灰色漆的甲板上有两个人接过这副担架；另外两个人把哈里·摩根从船长的铺位上扶起来，摇摇晃晃地把他挪出来，小心谨慎地把他放上担架；他们在干这一切的时候，哈里·摩根一点都不知道。从天刚黄昏起，他就失去知觉了；四个人抬起他，向码头走去，他的高大的身子把担架的帆布压得深深地洼下来。

“现在把他抬过来。”

“抓住他的两条大腿，别让他滑下来。”

“把他抬过来。”

他们把担架抬到码头上。

“他怎样啦，医生？”那些人把担架推进救护车的时候，治安官问。

“他活着，”医生说。“这就是你能说的一切。”

“自从我们把他救起来以后，他一直说胡话，要不，就是没有知觉，”那个指挥海岸警卫队小型快艇的准尉说。他是个粗壮的矮子，戴着眼镜，眼镜在探照灯光中闪闪发光。他需要刮胡子了。“你的那些死了的古巴人全都在游艇上。我们让样样东西都保持原状。我们没有碰过一样东西。我们只是把两个可能掉下船去的死人搬下来。样样东西都保持着原状。钱和枪。样样东西。”

“听我说，”治安官说。“你能用探照灯把后面那儿照亮吗？”

“我已经让他们在港区里接通一个了，”港区负责人说。他去取探照灯和电绳。

“来吧，”治安官说。他们拿着手电筒走到船尾去。“我要你们一点不错地跟我说清楚你们是怎么找到他们的。钱在哪儿？”

“在那两个袋子里。”

“有多少？”

“我不知道。我打开一个袋子，看到是钱，就把袋子关上了。我不想碰钱。”

“干得对，”治安官说。“干得完全对。”

“样样东西都完全保持着原状，我们只是把两具尸体从油柜上搬下来，挪到驾驶舱里，免得他们滚进海去，接着我们把大得像头公牛的哈里挪到我的船上，放在我的铺位上。在我们把他抬进舱房以前，我原以为他已经咽气了。他的模样简直糟糕透了。”

“他这一段时间里一直没有知觉？”

“起先，他尽说胡话，”那个艇长说。“可是你听不出他在说些什么。我们听他说了许多话，可是听不出是什么意思。后来，他没有知觉了。你要的那些人都陈列在这儿。就是这样，只有那个像黑鬼的人侧躺在原来哈里躺着的地方。他原来倒在右舷油柜上面的座位上，半个身子挂在舱口围板外；在他附近，另一个深色皮肤的人，脸向下，蜷在左舷油柜上面的座位上。小心。别擦火柴。船上尽是汽油。”

“应该还有具尸体，”治安官说。

“全在这儿了。钱在袋子里。枪都在老地方，没动过。”

“咱们还是去通知银行来个人看着打开钱的好，”治安官说。

“好吧，”艇长说。“这是个好主意。”

“咱们可以把袋子带到我的办公室去，把它封存起来。”

“这是个好主意，”艇长说。

在探照灯的照射下，绿白两色的游艇显出鲜明的、亮晃晃的模样。这是由甲板上和舱顶上的露水造成的。一个个裂口透过白漆显得鲜明；船尾，海水在探照灯光下，清澈碧绿；一根根桩子周围有一群群小鱼。

在驾驶室里，两个死人的肿了的脸在灯光下亮晃晃的，血干了的地方像上了棕色的油漆。驾驶室内，死人周围有一些0.45英寸口径的弹壳；那支轻机关枪横在船尾哈里放下它的地方。那拨人用来装钱后带上船的两个公文包靠在一个油柜上。

“我本来想也许我应该在拖这艘船的时候，把钱带到快艇上去的，”艇长说。“后来，我想只要天气不变坏，还是把钱留在这儿，原样不动的好。”

“不动是对的，”治安官说。“另一个人，艾伯特·特雷西，那个捕鱼人，怎么样了？”

“我不知道。除了挪动了那两个人以外，其他的都是原样没动，”艇长说。“他们都被枪子儿打得浑身是窟窿，只有那儿仰面朝天躺在舵轮下面的那个除外。他只是脑袋后面挨了枪子儿。枪子儿穿透脑袋，从前面出来。你可以看到这情况。”

“他就是那个模样看起来像孩子的，”治安官说。

“他现在什么也不像了，”船长说。

“那儿的那个大个子就是拿轻机关枪的，他杀了罗伯特·西蒙斯律师，”治安官说。“你想发生了什么事儿？他们到底是怎么回事，都被打死了？”

“准是他们自己打起来了，”艇长说。“他们准是在怎样分钱这件事儿上发生了争吵。”

“咱们把他们盖起来，等到天亮再说，”治安官说。“我会把这两个钱袋带走的。”

后来，他们站在驾驶舱那儿的时候，一个女人跑上码头，经过海岸警卫队的小型武装快艇；她身后跟着一伙人。那个女人面容憔悴，中年，没有戴帽子；她的卷曲的头发没有梳理，披在脖子上，不过发梢还挽了一个结。她一看到驾驶舱里那些尸体，就尖叫起来。她站在码头上，头向天，尖叫，另外两个女人抓着她的两条胳膊。那伙原来紧紧跟在她后面的人，围在她身旁，挤成一团，眼向下看着游艇。

“真该死，”治安官说。“谁让那大门开着的？拿些东西来把这些尸体盖上；毯子、床单，什么都行；咱们一定要把这伙人从这儿撵出去。”

那个女人停止尖叫，往下看着游艇，接着向天仰起脑袋，又尖叫开了。

“他们从哪儿找到他的？”她身旁的一个女人说。

“他们把艾伯特放在哪儿？”

那个尖叫的女人停止尖叫，又眼向下看游艇。

“他不在那儿，”她说。“嗨，罗杰·约翰逊，”她向那个治安官喊叫。“艾伯特在哪儿？艾伯特在哪儿？”

“他不在船上，特雷西太太，”治安官说。那个女人脑袋向天，又尖叫开了，她的细瘦的喉咙上的青筋绷得紧紧的，她的双手紧握，她的头发晃动。

那伙人中站在后面的在推推搡搡，用胳膊肘拨开人群，挤到码头边来。

“喂。让别人瞧瞧。”

“他们要把死人盖起来了。”

接着有人用西班牙语说："让我过去。让我瞧瞧。Hay cuatro muertros[①]. Todos son muertos[②]. 让我看看。"

这会儿，那女人在尖叫："艾伯特！艾伯特！啊，我的上帝，艾伯特在哪儿？"

在那伙人后面，有两个年轻的古巴人刚到，没法穿过人群，就退后去，接着跑起来，一起往前冲。前排的人摇摇晃晃松散开来，接着一声尖叫，特雷西太太和两个扶着她的人站不稳了，身子向前斜扑出去，简直没法保住平衡了；两个扶着她的女人拚命扑在栏杆上，才稳住身子，可是仍然在尖叫的特雷西太太掉进了碧绿的海水；尖叫变成扑通一声和一阵水花。

两个海岸警卫队员潜入清澈碧绿的海水；在探照灯光下，特雷西太太在那儿溅起一阵阵水花。治安官在船尾上探出身去，猛地向她递出一根有钩子的撑篙；最后，她被两个海岸警卫队员从水面下托起来，治安官抓着她的两条胳膊拉她上来，把她拉到游艇的船尾上。人群中没有一个人做出一个帮助她的动作；她站在船尾上，浑身滴水，抬眼望着他们，举起两个拳头向他们摇晃，喊叫："杂种！骚母狗！"接着，她向驾驶舱望进去，哭叫："艾伯特。艾伯特在哪儿？"

"他不在船上，特雷西太太，"治安官说，拿起一张毯子，裹住她的身子。"要平静点，特雷西太太。要勇敢点。"

"我的假牙，"特雷西太太悲伤地说。"我的假牙丢了。"

"明天早晨，我们会潜水把它找到的，"海岸警卫队小型武装快艇艇长告诉她。"咱们肯定会找到它的。"

---

① 西班牙语，四具尸体。

② 西班牙语，所有的尸体。

两个海岸警卫队人员爬上船尾，站着，浑身滴水。“来吧，咱们走。”其中一个说。“我要着凉了。”

“你行吗，特雷西太太？”治安官说，把毯子裹住她的身子。

“行吗？”特雷西太太说。“行吗？”接着，两手抓紧，脑袋向天，不折不扣地尖叫起来。特雷西太太的悲痛大得叫她受不了。

那伙人听着她尖叫，默不作声，毕恭毕敬。特雷西太太提供了同那些死了的强盗的形象不可缺少地相配合的声音效果；治安官和他的一个副手正在给那些尸体盖上海岸警卫队的毯子。几年前，岛上有个居民在县城路上被人私刑处死，后来尸体被挂在电话杆上，在出来看热闹的汽车的灯光中摇摇晃晃。从那以后，他们正在盖没的算得上最了不起的景象了。

那些尸体被盖上毯子后，那伙人感到失望，可是全城中只有他们看到了尸体。他们看到特雷西太太掉进水里，而且在他们进来以前，还看到哈里·摩根躺在担架上，被送到海军医院去。治安官吩咐他们离开停泊游艇的内港的时候，他们默不作声，心情愉快。他们知道他们是多么受到了优待。

在这段时间里，哈里·摩根的妻子玛丽和她的三个女儿坐在候诊室的一张长椅上等着。三个女孩在哭，而玛丽呢，在咬手绢儿。约摸中午以来，她就哭不出了。

“爹肚子上挨了枪子，”一个女孩对她的妹妹说。

“真糟糕，”妹妹说。

“别说话，”大姐姐说。“我在为他祈祷。别打搅我。”

玛丽一句话不说，只是坐在那儿，咬手绢儿和下嘴唇。

过了一会儿，医生走出来了。她望着他；他摇摇头。

“我能进去吗？”她问。

“还不行，”他说。她走到他面前。“他去世了吗？”她说。

“很遗憾，是的，摩根太太。”

“我能进去看他吗？”

“还不行。他在手术室里。”

“啊，基督，”玛丽说。“啊，基督。我送女儿们回家。然后，我赶回来。”

她的嗓子眼突然憋住，堵得咽不下东西。

“走吧，你们这伙女孩子，”她说。三个女孩跟在她后面走出门去，走到那辆旧汽车前，她坐在驾驶员的座位上，发动发动机。

“爹怎么啦？”一个女儿问。

玛丽不回答。

“爹怎么啦，妈？”

“别跟我说话，”玛丽说。“千万别跟我说话。”

“可是……”

“闭嘴，宝贝儿，”玛丽说。“千万要闭上嘴，为他祈祷。”三个女孩又哭了。

“真该死，”玛丽说。“别这样哭哭啼啼。我说为他祈祷。”

“我们会的，”一个女孩说。“自从咱们在医院里以来，我没有停过祈祷。”

她们的车转到岩石路的陈旧的白珊瑚路面上的时候，汽车的头灯光照到有一个在她们前面歪歪斜斜地走的人身上。

“一个可怜的醉鬼，”玛丽想。“一个可怜的、该死的醉鬼。”

她们超过了那个男人，他的脸上尽是血，汽车的灯光已经照到街上有一段路以后，他还在黑暗中歪歪斜斜地走着。那是理查德·戈登，在回家。

玛丽在家门前停住汽车。

“去睡觉，你们这伙女孩子，”她说。“上去去睡。”

“可是爹怎么啦？”一个女孩问。

“别跟我说话，”玛丽说。“看在基督分上，请别跟我说话。”她在马路上把汽车掉转头，向医院开回去。

玛丽回到医院，急匆匆地奔上台阶。医生从纱门里出来的时候，在门廊里遇到她。他感到累，要回家了。

“他去世了，摩根太太，”他说。

“他死了？”

“他死在手术台上。”

“我能看他吗？”

“能，”医生说。“他死得很平静，摩根太太。他没有痛苦。”

“啊，见鬼，”玛丽说。眼泪开始从她的脸颊上淌下来。“啊，”她说。“啊，啊，啊。”

医生把他的一只手放在她的肩膀上。

“别碰我，”玛丽说。接着，“我要看他。”

“来吧，”医生说。他陪她走到一条走廊上，走进那个白房间；哈里·摩根躺在那儿一张有轮子的手术台上，一条被单盖在他的魁梧的身子上。灯光很亮，没有阴影。玛丽站在门洞子里，看来好像被灯光吓得愣住了。

“他一点没有痛苦，摩根太太，”医生说。玛丽看来好像没有听到他的话。

“啊，基督，”她说，又开始哭起来。“瞧他那张该死的脸。”

第二十六章

我不知道，玛丽·摩根坐在餐室的桌子旁，在想。我每一回确实能熬一个白天和一个夜晚，也许这不一样。那些该死的夜晚。我要是关心那些女孩子的话，那就会不一样了。可是我并不关心那些女孩子。尽管我得为她们干些什么。我总得开始干点儿什么啊。也许你的心死了，熬过来了。我想这没有什么不一样。不管怎样，我总得开始干点儿什么啊。到今天，已经有一礼拜了。我怕我要是特意去想他的话，我会变得那么糊涂，记不起他的相貌。这就是说，从我遭受这场吓得没命的事儿那会儿起，我记不起他的脸相了。不管我有什么感觉，我总得开始干点儿什么啊。要是他留下一点儿钱，或是有奖金的话，那情况会好一些，可是我不会稍微好受一些。我第一件要干的事儿是卖掉房子。那些开枪打死他的杂种。啊，那些下流的杂种。这就是我唯一的感觉。憎恨和心里空洞洞的感觉。我心里空洞洞的，像一所空房子。得了，我总得开始干点儿什么。我原应该去参加葬礼的。可是我办不到。不过，现在我总得干点儿什么了。人既然已经死了，没有哪个死人再会回家的。

他，像他一向那样，天不怕地不怕，结实，敏捷，像一种珍贵的动物。只要一看到他走动，我就不由自主地会着迷。在那一段跟他一起过的日子里，我真幸运。他的运气是在古巴开始变坏的。接下来，运气一直越变越坏，直到一个古巴人要了他的性命。

古巴人是佛罗里达州沿海小岛上的当地人的灾星。古巴人是任何人的灾星。他们在那儿还有太多的黑鬼。我记得那一回他带我去哈瓦那，那时候，他挣的钱可真多哩，我们在逛公园，一个黑鬼跟我说了不知什么话，哈里啪地掴了他一下，拾起他掉在地上的草帽，扔到差不多半条横马路外，一辆出租汽车在那顶草帽上碾过。我笑得肚子都痛了。

那是我那时在那儿第一回在绿坪大道上那家理发店里把头发染成金黄色。整个下午，理发师干着这个活儿，我的头发天生颜色深，理发师都不想揽这活儿，而我却怕我的模样会变得糟透了，可是我跟理发师不停地说，想办法把头发尽可能染得淡一点儿。他会用那根一头裹着棉花的橙黄色木棍和梳子来处理我的头发；他把木棍插到那个缸里去蘸，缸里盛着有点冒烟的玩意儿，看来好像它有点冒出水蒸气似的；他用木棍的一头和梳子分开一缕缕头发和给头发染色，然后等头发干；我坐在那儿，为我在干的事情心里担惊受怕；我想说的只有一句话，想尽一切办法，尽可能把头发染得淡一点儿。

最后，他说，我只能把头发安全地染得这么淡，太太；然后，他给我洗头，把我的头发烫成波浪形；我甚至不敢看我的头发，因为怕我的头发变得糟透了；他把我的头发烫成在一边分开，后面的高耸起，脑后的都是一个个密匝匝的小发卷儿；头发还是潮湿的，我说不上那是什么模样，反正模样完全不一样了，我自己都觉得变成了一个陌生人。他给我的湿头发套上发网，请我坐到干发机下面；在这段时间里，我一直为我的头发担惊受怕。等我从干发机下面出来后，他揭掉发网，拿掉发夹，梳理我的头发；头发变得金光灿烂。

我离开那儿，看镜子里的自己，头发在太阳光里是那么光亮；

我伸手摸摸头发，头发是那么软，滑得像丝绸；我没法相信，那就是我；我兴奋得连气都透不过来了。

我顺着绿坪大道走，走到哈里在等我的那家小馆子；我是那么兴奋，心里觉得糊里糊涂，好像要晕过去似的；他看到我走近的时候，就站起身来；他没法把眼光从我身上移开；他说话的时候，声音含含糊糊，怪里怪气："耶稣啊，玛丽，你真美。"

我接着说："你喜欢我金头发吗？"

"别谈头发了，"他说。"咱们去旅馆。"

我接着说："好，那敢情好。咱们去。"当时，我二十六岁。

他跟我在一起的时候，总是这样子，而我跟他也总是这样。他说他从来没有遇到过像我这样的女人；我也知道没有像他这样的男人。我知道得太清楚了，可现在他死了。

现在我得开始干点什么。我知道我得干点什么。可是你有过一个这样的男人，偏偏一个臭古巴佬开枪打死了他，你不可能马上开始；因为你内心的一切都完了。我不知道干些什么。这跟和他一起出门去不一样。那时候，他总是回来的，可是现在我得熬过这辈子剩下的日子。现在我长胖了，变得又丑又老；他再也不会在我身旁，跟我说我没变。我想，现在我不得不雇一个男人来干这事儿了；然后，我会不要他的。情况就是这样。情况确实就是这样。

可他待我实在好，也靠得住；他总是弄得到一些钱；我从来用不着为钱担心，只是为他担心，而现在，一切都完了。

这不是一个人给杀死的事情。要是给杀死的是我，我才不在乎哩。哈里终于死在那儿，是因为他累了，医生说。他甚至没有醒过来。我挺高兴，他痛快地死了，因为耶稣基督，他在那艘船上一定受到了痛苦。我不知道他是不是想到过我，或者想过什么。我想，你处在这种情况下不会想到什么人的。我想，一定痛得很厉害。可是最后，他只是太累了。基督啊，我巴望死的是我。不过，巴望没有一点用。巴望一点用也没有。

我没法去参加葬礼。可是人们不理解。他们不知道你怎么感受。因为好人难得。他们压根儿没有碰到过这种事。没有人知道你有什么感受，因为他们不知道这样是什么滋味。我知道。我知道得太清楚了。我要是从现在起还要活二十年的话，会干些什么呢？不会有人告诉我的；现在，什么事情也没有，只是每天挨过这样来到的日子，可得马上开始干点儿什么。这是我得干的。不过，耶稣基督，在夜晚，你干些什么呢，这是我要想知道的。

夜晚，你要是睡不着的话，怎么挨过呢？我想，你会弄明白的，就像你会弄明白失去你的丈夫有什么感受那样。我想，你确实会弄明白的。我想，你在这该死的生活中会弄明白一切的。我想，你确实会。我想，我现在就要弄明白了。你只要心死了，一切就容易了。你只要像大多数人在大多数时候那样心死了就行了。我想，这确实是这样。我想，这就是你的遭遇。嘿，我已经有了个好的开始。我已经有了个好的开始，要是我非这么干不可的话。我想，你确实非这么干不可。我想，就是这样。我想，结果就是这样。好吧。那我有了个好的开始了。现在，我已经远远地超在任何人的前面了。

外面，是美好、阴凉的亚热带冬天的白天；棕榈树的树枝在柔和的北风中摇摆。几个来这儿过冬的人骑着自行车经过那所房子。他们在笑。对面街旁那所房子的大院子里，一只孔雀在粗声粗气地叫。

从窗口望出去，你可以看到，在冬天白天的亮光下，海看起来坚硬、清新、蓝蓝的。

一艘白色大游艇正在进港；你还可以看到，在七英里外，在地平线上，有一艘油船，小小的，形体匀称，侧映在蓝色的海上；它紧挨着礁石向西开去，避免逆流而行，浪费燃料。

…en, ~~the steel dusk~~ and branches
…eyond a tent, from under which
you step out to see too many
…tars. The moon gone down, the breeze not risen
…u urinate up looking at the uncross-like bl…
…f Southern cross
…rofundity of initial urination and thus each morning in the
…ublicity of constellations reflect upon the [illegible]
…isten to the night move highly past you, and not awake you
…en walk to where Pop sits before the fire,
…ipe comforted, his vestures perched, loving the
…ime before daylight and the windless burning o…
…ead branches he says, "How are you, governor"

"No worse than you."

The sky is very high there and branche…
…one between, ~~the steel dusk~~ from under which
…eyond a tent, you step out to see too many
…tars. The moon gone down, the breeze not risen
…u urinate up looking at the uncross-like
…f Southern cross
…rofundity of initial and thus…